नवाचारी शिक्षक शिक्षण पद्धति

मुख्य संपादक

पल्लवी शर्मा

सम्पादक मंडल

मो नुरूल होदा

नवल कुमार पाठक

नीरज नयन आनंद

योगिता

गीतांजलि दक्ष

PRACHI
DIGITAL PUBLICATION

Title : Navachari Shikshak Shikshan Paddhati
Author : Pallavi Sharma
Edition : First (November, 2024)
ISBN : 9789348332875

Published by

PRACHI
DIGITAL PUBLICATION

Regd. Add.: 254, Khuriyakhatta No. 10, Bindukhatta,
Lalkuan, Nainital - 262402, Uttarakhand, India
Website : www.prachidigital.com
E-mail : info@prachidigital.in
Phone : +91 976041 7980, +91 976041 8103

Printed by :
Manipal Technologies limited, Bengaluru - 560001, Karnataka

संकलन में सहभागी रचनाकार

1. पल्लवी शर्मा उत्तर प्रदेश
2. नवल कुमार पाठक उत्तर प्रदेश
3. मोहम्मद नूरुल होदा बिहार
4. नेहा कुमारी, सुपौल, बिहार
5. रामदयाल मीना दौसा राजस्थान
6. इंदु वर्मा दिल्ली
7. शाहीन अख्तर पूर्णिया बिहार
8. पूजा बोस पूर्णिया बिहार
9. शोभा कुमारी बिहार
10. सत्तार खान कायमखानी राजस्थान
11. भुवनेश कुमारी मुरादाबाद उत्तर प्रदेश
12. ज्योति कुमारी पूर्णिया बिहार
13. महेंद्र सिंह माली नीमकाथाना राजस्थान
14. वंदना कटिहार, बिहार
15. सुमन कुमारी पूर्णिया बिहार
16. प्रतिभा भारती मेरठ उत्तर प्रदेश
17. कलीम खान सीकर राजस्थान
18. वीणा कुमारी सीतामढ़ी बिहार
19. रूपरेखा कुमारी मुंगेर बिहार
20. सीमा देवी मुरादाबाद
21. कहकशाँ प्रवीण किशनगंज बिहार
22. रेखा शर्मा धार, मध्यप्रदेश
23. मो. समी अख्तर पूर्वी चंपारण बिहार
24. रजिया सुल्ताना जयपुर राजस्थान
25. ईरा सिंह चंदौली उत्तर प्रदेश
26. प्रदीप कुमार भट्टाचार्य बिहार
27. प्रेम सखी कुमारी मुंगेर बिहार
28. उषा रानी हरियाणा.
29. प्रिया रघुवंशी चंदौली उत्तर प्रदेश
30. संजय कुमार यादव बिहार
31. गीता वर्मा अमरोहा उत्तर प्रदेश
32. नीरज नयन कटिहार बिहार
33. दीपक पंडया डूंगरपुर राजस्थान
34. दीपिका पंडया डूंगरपुर राजस्थान
35. प्रीति शर्मा धनौरा, अमरोहा उत्तर प्रदेश
36. संजय असवाल देहरादून, उत्तराखंड
37. ज्योति प्रभा सीतामढ़ी बिहार
38. राखी ठाकुर सीतामढ़ी बिहार
39. सत्य प्रकाश नारायण पूर्वी चंपारण बिहार
40. चंदन कुमार भागलपुर बिहार
41. पायल शर्मा डूंगरपुर राजस्थान
42. वन्दना कुमारी पूर्वी चंपारण बिहार
43. उम्मुलबरा कोटा राजस्थान
44. रजनी सक्सेना बदायूँ उत्तर प्रदेश
45. मधुप्रिया चौहान बदायूँ उत्तर प्रदेश
46. शशि रानी सिंह बरेली उत्तर प्रदेश
47. राजेश वैरागी धार मध्यप्रदेश
48. रामजी शर्मा इटावा उत्तर प्रदेश
49. रानी शशि दिवाकर अमरोहा उत्तर प्रदेश
50. गीतांजलि दक्ष मुरादाबाद उत्तर प्रदेश

51. जूली कुमारी बिहार
52. इकबाल दानिश खान जयपुर राजस्थान
53. योगिता मुरादाबाद उत्तर प्रदेश
54. राखी अग्रवाल संभल उत्तर प्रदेश
55. अनवर खान अंबेडकर नगर उत्तर प्रदेश
56. रविन्द्र कुमार पौड़ी गढ़वाल उत्तराखंड
57. दीपा सिंह मुरादाबाद उत्तर प्रदेश
58. डॉ. अमित शर्मा बरेली उत्तर प्रदेश
59. पूजा पांडे बाराबंकी उत्तर प्रदेश
60. मीना गंगवार पीलीभीत उत्तर प्रदेश

शुभकामना संदेश

यह जानकर अत्यंत हर्ष हुआ कि पल्लवी शर्मा उत्तर प्रदेश तथा सह संपादक मंडल द्वारा नवाचारी शिक्षक शिक्षण पद्धति पुस्तक का संपादन किया जा रहा है। इस पुस्तक में विभिन्न राज्यों के नवाचारी शिक्षकों ने अपनी नवाचारों को वर्णित किया है ।सभी के नवाचार अद्भुत हैं ।आशा है इस पुस्तक के माध्यम से सभी शिक्षक एक दूसरे से प्रेरणा लेंगे। इस प्रकार इस पुस्तक के द्वारा छात्र-छात्राओ को नई-नई गतिविधियों के माध्यम से बहुत अधिक लाभ प्राप्त होगा ।यह पुस्तक शिक्षा के क्षेत्र में मील का पत्थर साबित होगी ।इस पुनीत कार्य हेतु सभी शिक्षकों और संपादक मंडल को बहुत-बहुत शुभकामनाएं।

श्री शैलेश प्रजापति
संस्थापक
शिक्षा सागर फाउंडेशन, गुजरात

नवाचारी शिक्षण पद्धति पर आधारित यह पुस्तक शिक्षा के क्षेत्र में एक महत्वपूर्ण कदम है। यह छात्रों और शिक्षकों को नवीनतम और प्रभावी तरीकों से शिक्षा को समझने और सिखाने में मदद करेगी। इस पुस्तक के माध्यम से सीखने-सिखाने की प्रक्रिया अधिक रोचक, सृजनात्मक और प्रभावी बनेगी। आशा है कि यह पुस्तक शिक्षा के क्षेत्र में नई संभावनाओं को उजागर करेगी और शिक्षा के स्तर को ऊंचाइयों तक ले जाएगी। "पुस्तक के समस्त लेखक मंडल को अनंत शुभकामनाएं!"

ऋषभ त्रिवेदी
संस्थापक
शिक्षा के सारथी

नवाचारी शिक्षक शिक्षण पद्धति पुस्तक के लिए पल्लवी शर्मा सहित समस्त सह संपादक मंडल एवं प्रकाशक को हार्दिक शुभकामनाएं प्रेषित करती हूं। विद्यार्थियों की अधिगम गति, रुचि और बोध स्तर को बढ़ाने के लिए नवाचारी गतिविधियों का प्रयोग किया जाता है। एक व्यक्ति से एक विचार मिले तो दस व्यक्तियों से दस विचार मिलेंगे। इसका अर्थ हुआ कि कम समय में अधिक लाभ प्राप्त किया जा सकेगा। इस पुस्तक के माध्यम से देश के विभिन्न नवाचारी शिक्षकों के विभिन्न विषयों के नवाचार से विद्यार्थियों के लिए छोटे से प्रयास के द्वारा प्रकरण को अधिक बोधगम्य बनाया जा सकेगा। यह पुस्तक शिक्षकों के लिए अत्यंत लाभकारी सिद्ध होगी।

दीप्ति सक्सेना
इनोवेशन
बदायूँ, उत्तरप्रदेश।

नवाचारी शिक्षक शिक्षण पद्धति पुस्तक के संपादन हेतु पल्लवी शर्मा को बहुत–बहुत शुभकामनाएं। इस पुस्तक में नवाचारी शिक्षकों द्वारा अपने नवाचारों का वर्णन किया गया है कि किस प्रकार कमजोर बच्चों को भी नए–नए तरीके अपना कर मुख्यधारा में लाया जा सकता है। पुन: बधाईयाँ

पी. पी. सिंह
अध्यक्ष
एक गूँज सेवा समिति

संपादकों की कलम से

हमारे देश में समाज के गरीबों, पिछड़ों और दलितों का उत्थान कर उनको समाज के मुख्य धारा से जोड़ने का एक मात्र साधन सरकारी शिक्षा है। हाल ही में हुए एक सर्वे के अनुसार भारत में सरकारी शिक्षा के गुणवत्ता में कमी देखी गई है इसलिए हम सभी को सरकारी शिक्षा के बेहतरी के लिए आवश्यक प्रयास करने की जरूरत है। सरकारी शिक्षा मुख्य रूप से सरकारी शिक्षकों पर निर्भर करता है। यह भी सत्य है कि देश में सरकारी शिक्षक अपने कर्तव्यनिष्ठा और परिश्रम से देश के नौनिहालों का शैक्षणिक भविष्य तराशने का कार्य कर रहे हैं। उन्हीं शिक्षकों में से कुछ असाधारण शिक्षकों के नवीन एवं प्रभावशाली प्रयासों का संकलन है "नवाचारी शिक्षक शिक्षण पद्धति"।

इस पुस्तक को भारत के विभिन्न राज्यों के शिक्षकों द्वारा अपने विद्यालयों में अपनाएं गये नवाचारों एवं गतिविधियों को संकलित कर आम जन के साथ - साथ भारत के प्रत्येक शिक्षक तक पहुँचाने के उद्देश्य से प्रकाशित किया गया है ताकि देश के आम जन का रूझान सरकारी शिक्षा की ओर बढ़े और अन्य शिक्षक भी अपने - अपने विद्यालयों में भी बेहतर करने के लिए प्रोत्साहित हों।

इस पुस्तक में सम्मिलित शिक्षकों की नवाचारी पहलें और समर्पण अद्वितीय हैं। इनमें छात्रों के साथ प्रेम, अपनत्व, और लाड़-दुलार के साथ-साथ जीवन की चुनौतियों का सामना करने के लिए धैर्य और हल तलाशने की क्षमता विकसित करने के प्रयास शामिल हैं। इन शिक्षकों ने नैतिक विकास, विज्ञान और प्रौद्योगिकी की समझ, समाज सेवा की भावना, विद्यालय के लिए भौतिक संसाधन जुटाने के लिए निजी व्यय और समुदाय का सहयोग प्राप्त करने जैसे कार्यों को भी महत्व दिया है। अपने सम्मान की धनराशि से विद्यालय के लिए आवश्यक संसाधन उपलब्ध कराने की

पहल भी उल्लेखनीय है। इन शिक्षकों के परिश्रम और नवाचारों ने विद्यालय को सचमुच 'आनंद घर' बना दिया है।

सरकारी शिक्षा के बेहतरी के लिए आज आवश्यक हो गया है कि शिक्षक द्वारा शैक्षिक नवाचारों एवं गतिविधियों को अपना कर बच्चों को रूचिकर एवं आनंददायी शिक्षा प्रदान किया जाए। इस पुस्तक में शामिल सभी शिक्षकों को हार्दिक बधाई।

आप सभी से आग्रह है कि इस पुस्तक को भारत के प्रत्येक शिक्षक तक पहुँचाने के लिए उचित प्रयास करें।

"आओ प्रयास करें हम मिलकर,
सरकारी शिक्षा हो सबसे बेहतर।।"

सम्पादक मंडल
पल्लवी शर्मा
मो नुरूल होदा
नवल कुमार पाठक
नीरज नयन आनंद
योगिता
गीतांजलि दक्ष

मेरी ऑलराउंडर छात्राएं

मैं पल्लवी शर्मा शिक्षिका राजकला पीडीए गर्ल्स इंटर कॉलेज मुरादाबाद उत्तर प्रदेश विद्यालय में 26 वर्ष की अनवरत सेवा देते हुए काफी अनुभव हो चुके हैं। क्योंकि मैं राष्ट्रपति गाइड भी रही हूँ इसलिए छात्राओं के लिए सभी प्रकार की गतिविधियां कराने में रुचि लेती हूँ। छात्राओं के सर्वांगीण विकास व रोजगारपरक शिक्षा देने हेतु स्वरुचि से भी अनेक गतिविधियाँ कराती हूँ। छात्रों को सिर्फ कोर्स पूरा करा कर रिजल्ट बनाना ही हमारा उद्देश्य नहीं होना चाहिए बल्कि जितना भी उन्होंने पढ़ा है वह उनको आत्मसात होना चाहिए। इसलिए मैं पूरे पाठ को छात्रों के रीडिंग करने से पहले ही पाठ में दिए हेडिंग को ब्लैक बोर्ड पर समझा देती हूँ। अंत में मेधावी छात्र पूरे पाठ का सारांश और बच्चों को समझाते हैं। इस प्रकार पूरा चैप्टर ही बच्चों को समझ में आ जाता है। चार्ट पेपर पर बने टी एल एम के द्वारा भी छात्रों को पूरा पाठ समझाया जाता है। महाद्वीप, महासागर, देश, राज्य, राजधानियां सभी चार्ट पेपर पर बने हुए हैं कक्षा में दिखाये जाते हैं। ग्लोब छात्राओं से बनवाये गये। मिट्टी के बर्तन बनवाकर खाना पकाने का अभ्यास करवाने पर छात्राओं को बहुत अधिक आनंद प्राप्त हुआ। सभी शिक्षिकाओं ने स्वयं के पैसे से टीवी लगवाया जिससे छात्र विभिन्न लोक नृत्य और सरस्वती वंदना स्वयं ही अभ्यास कर मंच पर प्रस्तुति देने के लिए तैयार रहती हैं। सावन में कजरी गायन, विशेष दिवसों पर कविताएं, हिंदी की कविताओं पर अंताक्षरी, फूल पत्ती वाले पोस्टरबनाकर संस्कृत श्लोक लिखवा कर कक्षा में टंगवाये गए। इस प्रकार उनको श्लोक याद भी हुए और वाचन भी कराये। संस्कृत गीत, संस्कृत और हिंदी पुस्तक की कहानियों को छात्राओं को उत्साहित करके कक्षा में सभी के समक्ष सुना जाना। राष्ट्रीय स्तर पर गूगल मीट आयोजित करके छात्रों को प्रतिभाग करवाना उनको प्रमाण पत्र दिलवाना। स्वच्छता अभियान के अंतर्गत कक्षा को स्वच्छ कर क्राफ्ट आइटम बनवाकर सजवाना। प्रतिदिन स्पीच दिलवाना, प्रार्थना सभा में सुविचार बोलने की तैयारी करवाना, नुक्कड़ नाटक आदि।

हिंदी की पाठ्य पुस्तक की कविताओं को लय के साथ गायन करना, संगीत विषय में मेरे द्वारा स्वरचित प्रेरणा गीत, देशभक्ति गीत, होली गीत, सावन के गीत, मिशन शक्ति की कविताएं तथा अन्य गीत भी छात्रों को संगीत की सुसज्जित कॉपी में लिखवाकर गायन कराया जाता है, संगीत के माध्यम से सुगम संगीत, शास्त्रीय संगीत, आदि के द्वारा छात्राएं बहुत अधिक आनंद का

अनुभव करती हैं। प्रतिवर्ष आयोजित स्काउट गाइड जनपदीय प्रतियोगिता में पहले से ही छात्राओं को इतना अभ्यास कराया जाता है कि प्रतिवर्ष छात्राएं प्रथम स्थान प्राप्त करती हैं। इस प्रकार नवाचारों के द्वारा छात्राएं आत्मविश्वास से परिपूर्ण और सर्वगुण संपन्न बनने हेतु अग्रसर हैं।

नवाचार का उद्देश्य

खेल–खेल में शिक्षा का उद्देश्य मुख्यतया : छात्रों को सामान्य ज्ञान के साथ सर्वांगीण विकास तथा निर्वाचन संबंधी जानकारी करके सीखने से शिक्षा में क्रांति ला सकते हैं। और लक्ष्यों को प्राप्त व रोचक किया जा सकता है। साथ ही हम इन सबको शिक्षा में जोड़ते हुए वैज्ञानिक गतिविधि को भी बता पाते हैं और बच्चे उनको आसानी से ग्रहण करते हैं।

नवाचार की योजना –हम खेल खेल में नवाचारी शिक्षा की योजना इसलिए लाते हैं क्योंकि बचपन खेल के लिए होता है बच्चों की गतिविधियों उनके प्रवेश और रुचि पर निर्भर करती है किताबी ज्ञान उन्हें आलसी लगता है पाठ होमवर्क बोझिल होता है इसलिए हम बच्चों में शिक्षा की योजना बनाकर बोझिल शिक्षा को खेल–खेल में बदलकर उद्देश्यों को प्राप्त कर सकते हैं।

नवाचार का वास्तविक कार्यान्वयन –विद्यालय में "कौन बनेगा करोड़पति शिक्षा का" कार्यक्रम का उद्देश्य छात्रों की प्रतिभा निखरने तथा विद्यालय में नामांकन, ठहराव बढ़ाने हेतु एक सुंदर कार्यक्रम साबित हुआ। सर्वप्रथम विद्यालय के अंदर प्रत्येक विषय का मॉनिटर चुना जाता है प्रत्येक विषय की मॉनिटर चुनने की प्रक्रिया शनिवार को होने वाला "कौन बनेगा करोड़पति शिक्षा" के कार्यक्रम में प्राप्त सर्वोच्च अंक वाले विद्यार्थी को अगले सप्ताह का मॉनिटर बनाया जाता है। "कौन बनेगा करोड़पति" में प्रत्येक विषय का अलग–अलग प्रश्नोत्तरी कार्यक्रम होता है इसके पश्चात इंडोर गेम का भी कार्यक्रम करा कर इंदौर गेम का भी कप्तान चुना जाता है परिणाम स्वरुप सभी छात्र में मॉनिटर बनने की चाहत में छात्रों का ज्ञानवर्धक के साथ प्रतिभा निखरती है।

2–छात्र–छात्राओं में विधायिका की संपूर्ण जानकारी हेतु छात्रों में बाल संसद का गठन करके निर्वाचन संबंधी संपूर्ण जानकारी छात्रों को प्रदान की जाती है। इस प्रक्रिया में सबसे पहले वोटर बनाकर वोटर लिस्ट का प्रकाशन कराया जाता है। जिसके आधार पर बताया जाता है कि वोट देने की निर्धारित आयु भी बताया जाता है तथा इलेक्शन लड़ने वाले छात्र अपनी पार्टी बनाते हैं। नामकरण की दिनांक, नाम वापसी तथा बचे हुए प्रत्याशी घोषणा की जाती है। प्रत्येक प्रत्याशी के चुनाव चिन्ह आवंटित किए जाते हैं। प्रत्येक प्रत्याशी छात्रों के बीच में अपना अपना प्रचार प्रसार करता है। एवं निर्धारित तिथि को अपने पक्ष में वोट देने की अपील करता है तथा भविष्य में किए जाने वाले कार्यों की रूपरेखा छात्रों के बीच में रखता है। तथा निर्धारित तिथि को इलेक्शन किया

जाता है। जिसमें वह मतदान अभिकर्ता एवं प्रत्यासी अभिकर्ता बनते हैं। तथा निर्वाचन हेतु पीठासीन अधिकारी, मतदान अधिकारी प्रथम, मतदान अधिकारी द्वितीय, तथा मतदान अधिकारी तृतीय निष्पक्ष रूप से चुनाव करते हैं चुनाव पश्चात मतदान गणना कराया जाता है जो भी अभिकर्ता अधिक वोट पता है वह जीत जाता है इसके फलस्वरूप छात्रों को निर्वाचन संबंधी समस्त जानकारी प्राप्त हो जाती है।

नवाचार का निष्कर्ष व लाभ -नवाचार से लाभ ज्ञान का स्थापित के साथ उद्देश्यों की पूर्ति शिक्षण में खेल-खेल में शिक्षा जिसमें शारीरिक व्यायाम के साथ-साथ बच्चे शिक्षा को बिना भोजन के रोचक ढंग से सीख पाते हैं बच्चे खेल-खेल की गतिविधि से खुलकर बात करते हैं समस्याओं को बता पाते हैं और उसका निवारण भी हो जाता है जो काफी लाभदायक है। छात्रों को खेल खेल में ही सामान्य ज्ञान एवं विविध प्रकार के ज्ञान एवं गतिविधि के द्वारा खेल-खेल के साथ निर्वाचन संबंधी समस्त प्रकार का ज्ञान हो जाता है।

नवल कुमार पाठक

(सहायक अध्यापक)

उच्च प्राथमिक विद्यालय परसिया आलम,

पयागपुर, बहराइच

आज की चंदा और आज का सूरज

मैं मोहम्मद नुरूल होदा बिहार के पूर्वी चम्पारण जिला में आदापुर प्रखंड स्थित राजकीय प्राथमिक विद्यालय बसतपुर में शिक्षक के पद पर कार्यरत हूं। एक शिक्षक के रूप में पदस्थापित होने के पश्चात मैं भी एक सामान्य शिक्षक के तरह कार्य कर रहा था परन्तु कार्य में ना जोश था और ना कोई लक्ष्य। कुछ वर्ष ऐसे ही बीते। एक बार मैं शिक्षक दिवस के अवसर पर बच्चों को सर्वपल्ली डॉ राधाकृष्णन के संबंध में जानकारी देने के उद्देश्य से पूर्व संध्या पर उनको पढ़ रहा था, उन्होंने कहा कि "जब तक शिक्षक शिक्षा के प्रति समर्पित और प्रतिबद्ध नहीं होता और शिक्षा को एक मिशन नहीं मानता तब तक अच्छी शिक्षा की कल्पना नहीं की जा सकती"।

उनके इस विचार ने मेरे अंतरात्मा को झकझोर दिया। फिर मुझे सावित्रीबाई फुले' और 'गिजूभाई बधेका' को पढ़ने का अवसर मिला। इन महान आत्माओं के विचारों ने मुझे बहुत प्रभावित किया और मुझे उनके पदचिन्हों का अनुकरण करने के लिए प्रेरित किया। मैं भी अपने कार्यों के प्रति जवाबदेह बनने लगा। अब मुझे मेरे विद्यालय के बच्चों के भविष्य की चिंता होने लगी। मैंने सबसे पहले बच्चों को स्वच्छ बनने और रहने की प्रवृत्ति का विकास करने की ठानी। मैंने इसके लिए अनेकों प्रयास किये। पहले चेतना सत्र में बच्चों को स्वच्छ रहने के लाभ एवं अस्वच्छ रहने के हानि बता कर स्वच्छ, सुंदर और सुसज्जित होकर विद्यालय आने के लिए प्रेरित करना शुरू किया। इस प्रयास के लगातार जारी रखने के बावजूद भी अधिकांश बच्चों में कोई खास बदलाव नजर नहीं आया। बच्चे पहले के भांति ही मैले – कुचैले कपड़ों में, स्नान तो दूर की बात हाथ – मुंह धोये बीना ही विद्यालय आ जाते थे।

फिर मैंने अभिभावकों को स्वच्छता के प्रति जागृत करने का प्रयास किया और उनसे अपने बच्चों को साफ–सुथरा बना कर विद्यालय भेजने का आग्रह किया। इसका भी प्रभाव नगण्य रहा। तीसरे प्रयास में मैं चेतना सत्र की पंक्ति में से अत्यधिक अस्वच्छ बच्चों को छांट कर विद्यालय में ही अपने से स्नान कराकर, उनके बाल संवार कर, नाखून काट कर, उनके कमीज के टूटे बटन टांक कर सुंदर बनाकर वर्ग कक्ष में भेजने लगा। प्रति दिन तीन–चार बच्चों को ऐसा करने लगा। इससे कुछ बदलाव तो हुआ परन्तु जो बदलाव मैं चाहता था वो अभी कोसों दूर था। मैं बहुत चिंतित था कि अब कौन सा उपाय किया जाए। काफी चिंतन के बाद मैंने " आज की चंदा और आज का

सूरज " नामक नवाचार आरंभ किया। इस नवाचार के लिए मैंने बच्चों को पुरस्कार देने के लिए कुछ स्टेशनरी ख़रीदा। और गत्ते का दो ताज चमकिले कागज चिपका कर बना लिया। एक ताज का आकार चांद नुमा और दूसरे का आकार सूरज के समान रखा। दूसरे दिन चेतना सत्र में ऐलान किया कि कल से चेतना सत्र के पंक्ति में से एक सबसे स्वच्छ बालिका और एक सबसे स्वच्छ बालक का चयन किया जाएगा और सबसे स्वच्छ बालिका को " आज की चंदा " और सबसे स्वच्छ बालक को " आज का सूरज का ताज पहनाकर सम्मानित किया जाएगा और उन्हें पुरस्कार दिए जाएंगे। यह कार्यक्रम लगातार चलेगा। अगले दिन से ऐसा ही करने लगा। इस नवाचार से बच्चों में साफ और सुन्दर दिखने की होड़ मच गई। दो महीने में अप्रत्याशित सफलता मिली और अगर पांच – दस बच्चों को छोड़ दें तो सभी बच्चे साफ – सुंदर और सुसज्जित होकर विद्यालय आने लगे। जब बच्चे साफ रहने लगे तो मैं उन्हें पोशाक में आने के लिए प्रोत्साहित करने लगा। लगभग सात वर्षों से मेरे विद्यालय में शत् प्रतिशत बच्चे पोशाक में, टाई, बेल्ट और आईकार्ड लगा कर विद्यालय आते हैं।

मैं अपने विद्यालय में नित्य नये नवाचार एवं गतिविधियां करते रहता हूं। मैंने विद्यालय में उपस्थिति बढ़ाने के लिए " उत्तम पोषक सम्मान कार्यक्रम" नामक नवाचार का प्रयोग किया। बच्चों में झिझक दूर करने के लिए चेतना सत्र में आज का विचार, समाचार वाचन, शब्द ज्ञान, प्रेरक कविता वाचन, सामान्य ज्ञान आदि को शामिल किया। गणतंत्र दिवस एवं स्वतंत्रता दिवस के अवसर पर रंगारंग सांस्कृतिक कार्यक्रम का आयोजन करता हूं। इसके अलावा वर्ग कक्ष में कठिन से कठिन टॉपिक को TLM की सहायता से, गतिविधियों, खेल – खेल में तथा कविता के माध्यम से रोचक बना कर प्रस्तुत करता हूं जिससे बच्चे सुगमतापूर्वक आत्मसात कर पाते हैं।

चकरी घुमाओ आस पास की जानकारी पाओ

मैं नेहा कुमारी, रा. स. हरावत राज उच्च माध्यमिक विद्यालय, सुपौल, बिहार में शिक्षिका के पद पर कार्यरत हूं। अगस्त 2013 से मैं प्राथमिक विद्यालय बचनु चकला में कार्यरत थी परंतु फरवरी 2024 से BPSC के तहत +2 की शिक्षिका के रूप में कार्यरत हूं।

ग्रामीण परिवेश होने की वजह से शुरुआत में अनेक समस्याओं का सामना करना पड़ा, परंतु सबका सामना करते हुए मैंने बच्चों को जागरूक किया। उनकी समस्याओं को सुन कर समझते हुए दूर करने का प्रयास किया ताकि जो विद्यालय आना नहीं चाहते उनके लिए पढ़ाई को इतना रुचिकर बना दूं कि वो ख़ुद आए और खेल खेल के माध्यम से ही पढ़ाई के प्रति जागृत हो जाए।

जिस बच्चे में जैसी रुचि और प्रतिभा थी उनके अनुरूप नृत्य, गायन, चित्र, खेल आदि करवाना शुरू किया। इसके लिए मैं खुद नृत्य करके सिखाती। गीत या चित्र में जो भी कमियां हो उसे ख़ुद से बनाकर दिखाना, गा कर सिखाना ताकि बच्चे मेरे से घुल मिल जाए और अपनी सभी समस्याएं खुल कर बोल सके।

हिन्दी की कविताएं हो या अंग्रेज़ी की कविताएं सभी को मैंने हमेशा गाकर गतिविधि द्वारा करवाया जिस कारण वे हाव भाव के माध्यम से आसानी से सीख भी जाते हैं और आनंद भी लेते हैं। मैंने छोटे बच्चों को समय देखना सिखाने के लिए " आओ घड़ी बनाएं, समय दिखाए" नामक नवाचार किया। जिसके माध्यम से सभी छात्रों को शामिल कर आसान तरीके से समय देखना सीखा दिए, इससे बच्चों के विद्यालय देर से आने वाली समस्या का समाधान हुआ।

"चकरी घुमाओ आस पास की जानकारी पाओ" नामक TLM (शिक्षण अधिगम सामग्री) की रचना करके मैंने पर्यावरण विषय को आसान बनाया और इसके लिए राज्य स्तरीय पुरुस्कार भी प्राप्त हुआ। यह एक मनोरंजक खेल हैं जिसमे चकरी घुमा घुमा कर वे अपने आस पास की जानकारी प्राप्त कर लेते हैं। बच्चों को स्वास्थ्य के प्रति जागरूक करने के लिए उनका दांत साफ करवाना, नाखून कटवाना, कपड़े साफ़ सुथरे होना, प्रतिदिन ध्यान रख कर उनको आदत लगवाए ताकि वे बीमारी से दूर रह सकें।

स्वतंत्रता दिवस, गणतंत्र दिवस, शिक्षक दिवस, बाल दिवस, पर कार्यक्रम का आयोजन कर बच्चों से भाषण, गायन, करवाए ताकि उनके अंदर का डर खत्म हो सके, झिझक दूर हो और

आत्मसम्मान बढ़े। CRC स्तर पर होने वाले प्रतियोगिता के लिए मैंने बच्चों को ख़ुद तैयारी करवाई और वे आगे भी बढ़े। ख़ास करके ग्रामीण परिवेश की लड़कियों में प्रतिभा होने के बावजूद उनमें झिझक थी जिसे मैंने अपनेपन द्वारा खत्म करके उनकी प्रतिभा को सामने लाया और भविष्य में आगे बढ़ने के लिए प्रेरित किया। उनके जन्मदिन को विद्यालय में ख़ास बनाया ताकि वो भी अपने बचपन को खुशी से जी पाए।

एक शिक्षिका के तौर पर 11 वर्षों से बच्चों के भविष्य संवारने में हमेशा नए–नए गतिविधियों द्वारा शिक्षा में नवाचार लाने के लिए तन और मन से समर्पित रही हूं।

नवाचार में नये प्रयोग

मैं रामदयाल मीना राजकीय उच्च प्राथमिक विद्यालय गंडलाई, ब्लॉक रामगढ़ पचवारा, जिला दौसा, राजस्थान में अध्यापक पद पर पिछले 7 वर्ष से कार्यरत हूँ। मैने शिक्षण में नवाचारो को सेवा काल के शुरूआत से ही अपनाना शुरू कर दिया था, परिणामस्वरूप विद्यार्थियों का मुझे अटूट प्रेम मिल रहा है। मेरे द्वारा कक्षा में शिक्षण के दौरान अपनाए जाने वाले कुछ नवाचार– खेल खेल में शिक्षण को प्राथमिकता, इनके सैंकड़ों वीडियो मैने सोशल साइट्स पर भी डाल रखे है जो की लोगो को काफी पसंद भी आए है

–विद्यार्थियों को विषयों के अनुसार समूह उपसमूह में बांटकर गतिविधियों का आयोजन करवाया जाता है

– विद्यार्थियों को प्रोजेक्ट के माध्यम से सीखने का अवसर प्रदान करना दिया जाता है

पर्यावरण संरक्षण : मैं पर्यावरण संरक्षण के लिए अत्यधिक उत्साही हूं। मैने विद्यालय और विद्यार्थियों के घरों में सैकड़ों प्रजाति के हजारों पेड़–पौधे लगाए हैं। विद्यालय के प्रत्येक पौधे के लिए अलग अलग तख्ती पर हिंदी और वैज्ञानिक नाम लिखा गया है और संरक्षण की जिम्मेदारी अलग–अलग छात्र को दी गई है। जिससे छात्र व्यक्तिगत तौर पर जिम्मेदारी समझते हुए उनका अच्छे से संरक्षण कर रहे है वर्तमान में क्लाइमेट चेंज को लेकर भी राष्ट्र स्तर की एक मुहिम से जुड़ा हुआ हूं

लाइब्रेरी आधुनिकीकरण : मैने विद्यालय की लाइब्रेरी को आधुनिक बनाने के लिए एक अनोखी पहल की। अलमारी से बंद किताबों को निकालकर एक कमरे को पुस्तकालय का रूप देकर रखा गया और दीवारों पर रस्सी के सहारे किताबें लटकाई गईं। खुली रैक में सीरीज वार किताबें रखी गईं, जिससे बच्चे अपनी इच्छा के अनुसार किताबें पढ़ सकते हैं और घर ले जा सकते हैं।

समाचार वाचन और जागरूकता : मैंने बच्चों को प्रार्थना सभा में अखबार का वाचन करवाने की एक अनोखी पहल की। इससे बच्चों को दुनिया में घट रही दैनिक घटनाओं की जानकारी मिलती है और उनकी सामाजिक और राजनीतिक जागरूकता बढ़ती है।

स्काउट और गाइड : विद्यालय में स्काउट और गाइड की गतिविधियों को बढ़ावा दिया है,

जिससे बच्चों में अनुशासन, सहयोग और सामाजिक सेवा की भावना विकसित होती है।

पुरस्कार और सम्मान : मुझे सामाजिक सेवा और देश हित में योगदान के लिए कई पुरस्कार और सम्मान मिले हैं, जिनमें राज्य स्तरीय शिक्षक सम्मान, ब्लॉक स्तरीय शिक्षक सम्मान, और उपखंड स्तरीय उत्कृष्ट शिक्षक सम्मान, डिजिटल दक्ष शिक्षक सम्मान शामिल हैं।

कुछ नया करें

मैं इंदु वर्मा, अध्यापिका, निगम विद्यालय पालम गाँव सह शिक्षा, दिल्ली। 26 वर्षों से निगम में अध्यापिका के पद पर कार्यरत हूँ। मैं पिछले 2 वर्ष से 11 विद्यालयों की मार्गदर्शक अध्यापिका के रूप में भी कार्य कर रही हूँ। इसलिए छात्राओं के लिए सभी प्रकार की गतिविधियाँ कराने में रुचि लेती हूँ। छात्राओं के सर्वांगीण विकास हेतु स्व रुचि से भी अनेक गतिविधियाँ कराती हूँ। छात्रों को सिर्फ किताबी ज्ञान देना कभी भी मेरा ध्येय नहीं रहा।

मैं छात्रों के सर्वांगीण विकास हेतु कला, पेपर क्राफ्ट, चित्रकला, क्ले मोल्डिंग, कबाड़ से जुगाड़, शिक्षण सामग्री निर्माण, खेलकूद आदि पर विशेष गतिविधियाँ कराती हूँ।

बच्चों से गद्य व पद्य निर्माण : मैं बच्चों को कोई शब्द देकर उस पर कविताएँ लिखवाती हूँ। इसमें बच्चे बढ़ चढ़ कर भाग लेते हैं। उनकी कल्पना शक्ति का विकास होता है। साथ ही जो बच्चे कम बोलते हैं वे भी अपने विचार रखते हैं। किसी भी विषय पर स्वयं के विचार बच्चे लिखते हैं इनको मैंने एक स्क्रैप बुक में संजोया है ताकि बच्चों की कलात्मक प्रतिभा दिखे व मैं उनको कभी भी पढ़कर उनके विचार व कहाँ अधिक प्रयास करना है यह जान पाऊँ।

वीडियो निर्माण : मैंने बच्चों लिए विभिन्न विषयों पर वीडियो बनाकर यू ट्यूब चैनल पर भी डालें हैं ताकि आज के तकनीकी व डिजिटल वर्ल्ड में बच्चे सरलता से सीख व समझ पाएँ।

पंचतंत्र की कविताएँ : बच्चे कविताओं में विशेष रूचि रखते हैं। इसलिए बच्चों में नैतिक शिक्षा हेतु मैंने पंचतंत्र की कहानियों को कविताओं के रूप में लिख उनकी सचित्र वीडियो यू ट्यूब पर डाली हैं। बच्चे इनमें खूब रूचि लेते हैं।

स्कूल रेडीनेस हेतु कविताएँ : बच्चों के बुनियादी शिक्षण हेतु मैंने वर्णमाला पर कविताएँ व अनेक विषयों पर पहेलियों की रचना भी की है। बच्चे इनमें विशेष रूचि दिखाते हैं और शिक्षण अधिगम प्रक्रिया बेहतर होती है।

नवाचार

मैं पूजा बोस मेरी शैक्षणिक पढ़ाई आर के के कॉलेज पूर्णिया से स्नातक एवं स्नातकोत्तर की पढ़ाई पूर्णिया महिला कॉलेज पूर्णिया से हुई है, मैं एक सहायक शिक्षिका के साथ-साथ संयुक्त परिवार की गृहिणी भी हूं मेरे परिवार में मां बाबूजी और हमारे दो बच्चे हैं। शिक्षिका के पद पर आने से पहले मुझे आगे बढ़ाने के लिए मेरे परिवार वालों ने मेरा बहुत साथ दिया और मुझे पढ़ाया भी ताकि मैं आगे कुछ कर सकूं। 2012 TET का एग्जाम हुआ था, जिसे मैंने क्वालीफाई किया उसके बाद मेरी बहाली 1 मार्च 2014 को प्राथमिक विद्यालय ईदगाह शाहजी टोल में हुई, और मेरी जवाबदेही परिवार के साथ-साथ विद्यालय में भी हो गई और मेरी नई जिंदगी शुरू हो गई . शैक्षणिक वातावरण में आने के बाद मुझे एक नई चुनौती मिली, जिसको मुझे स्वीकार करना ही था, हालांकि मेरा स्कूल प्राथमिक विद्यालय जनकबाग कुल्लाखास कस्बा में शिफ्ट था, जो की पोषक क्षेत्र से एक किलोमीटर की दूरी पर था।

पढ़ने और पढ़ाने के काम में पता ही नहीं चलता था कि 8 घंटे का समय कैसे खत्म हो गया, क्योंकि मैं हमेशा स्कूल जाने से पहले अपने आप को शीशे में खड़े होकर देखती थी कि मैं कहां जा रही हूं और क्यों जा रही हूं, पढ़ने और पढ़ाने के कारण मुझे ऐसा लगा 7 घंटे का जो पढ़ाई का माहौल है, उसमें बच्चे अपने आप को थका हुआ महसूस करते थे, तभी मेरे मन में एक विचार आया क्यों ना मैं बच्चों को गतिविधि के माध्यम से समझाऊं इसी क्रम में सरकार के द्वारा भी यही नीति आई कि बच्चों को FIN एवं TIM के माध्यम से पढ़ाया जाए, फिर मैं अलग-अलग टीएम के माध्यम से बच्चों को पढ़ाना शुरू किया। जिससे बच्चे बहुत खुश हुए और बच्चों की उपस्थिति दिन प्रतिदिन 70% से बढ़कर 90% तक होने लगी, सरकार में टीएम द्वारा प्रस्तुति कार्यक्रम चलाया गया। जिसमें मैं प्रखंड स्तर पर प्रथम और जिला स्तर पर भी मेरा चयन राज्य स्तर के लिए किया गया। जिसमें मुझे प्रमाण पत्र एवं मोमेंटो देकर के सम्मानित किया गया, इसी बीच सरकार द्वारा निर्धारित निर्देश के अनुसार शिफ्टेड स्कूल को एक साथ पढ़ाने का कार्यक्रम चलाया गया। जब मैंने कंबाइन क्लास ली, तो मेरी कक्षा में एक बच्ची जो कि मुझे मालूम नहीं था कि वह बच्ची बोल और सुन नहीं सकती, मेरी नजर उस बच्ची पर पड़ी मैं बार-बार उस बच्ची से पूछती रही लेकिन कोई भी जवाब नहीं मिला, तब मुझे एक बच्ची ने बताया कि यह बच्ची जिसका नाम निधि है वह

बोल नहीं सकती, मुझे बहुत दुख हुआ और मैंने अपनी विशेष सहानुभूति उस बच्ची को दी और उसे अपने पास बुलाया और बच्ची से इशारे में बात की बच्ची बेहद ही खुश थी, फिर मैंने उस बच्ची को सबसे आगे बैठाया और उसे सांकेतिक भाषा में पढ़ाना शुरू किया। इशारे ही इशारे में इस बच्ची ने कविता वाचन भी की और वह बच्ची रोज कक्षा की प्रथम पंक्ति में स्वयं बैठने लगी, इससे उस बच्ची का आत्मविश्वास बड़ा और मुझे सुकून मिला, शिक्षक बनने का सबसे बड़ा सुख और सम्मान इस बच्ची को पढ़ाने से मिला।

इसी बीच चहक कार्यक्रम की शुरुआत हुई जिसमें मुझे प्रशिक्षण में भाग लेने का मौका मिला और इस प्रशिक्षण से मैंने बहुत कुछ सीखा जिसे मैं अपने विद्यालय में सुचारू रूप से करवाया, कक्षा एक के बच्चे बहुत ही खुश रहने लगे, मेरे विद्यालय में बच्चों की उपस्थिति और भी अच्छी होने लगी, जिसका परिणाम यह हुआ कि मुझे माननीय जिला पदाधिकारी पूर्णिया के द्वारा नवाचार बेस्ट टीचर का अवार्ड 5 सितंबर 2023 को मिला। टीबीटी मंच के माध्यम से आदरणीय डॉक्टर के सी सिन्हा सर के द्वारा 12 सितंबर 2023 को सम्मानित किया गया। इसी प्रकार बहुत सारे सम्मान और सर्टिफिकेट अन्य राज्यों एवं अन्य संस्थाओं से नवाचार के माध्यम से पढ़ाने के लिए मिलने लगी। इससे मेरा, मेरे विद्यालय का, मेरे जिला का, नाम रोशन करने में मैंने अपनी भागीदारी सुनिश्चित की। सरकार द्वारा चलाए जा रहे अनेको कार्यक्रम में मुझे बाहर से ट्रेनिंग प्राप्त करने का भी अवसर प्रदान हुआ, जिसे मैंने अपने विद्यालय में उपयोग किया। साथ ही साथ स्वच्छता पखवाड़ा के तहत " मैं हूँ स्वच्छता प्रेमी"आयोजन किया गया। बच्चों को स्वच्छता का पाठ पढ़ाया। साथ ही श्यामपट्ट पर चित्रांकन भी किया। साथ ही साथ बच्चों को बताया कि स्वच्छता सबसे महत्वपूर्ण आदत है, जिसे कोई भी अपना सकता है, क्योंकि स्वच्छता और स्वास्थ्य एक दूसरे से जुड़े हुए हैं। अगर आप साफ–सुथरे हैं, तो आप कई बीमारियों से लड़ सकते हैं और उन्हें रोक सकते हैं, खासकर संक्रामक बीमारियों से। इसके अलावा, स्वच्छता आपके शारीरिक, मानसिक और आध्यात्मिक स्वास्थ्य को बढ़ाती है। स्वच्छता सबसे महत्वपूर्ण आदत है जो हर किसी को अपनानी चाहिए। यह न केवल आपके शारीरिक स्वास्थ्य को बेहतर बनाता है बल्कि मानसिक स्वास्थ्य को भी बेहतर बनाता है और आपको अधिक उत्साहवर्धन बनाता है। मैंने अपने पोषक क्षेत्र में हो रहे बाल विवाह की रोकथाम के लिए एक अभियान चलाया ग्रामीण क्षेत्र के लोगों को यह समझाया की बाल विवाह करना कानूनन अपराध है बच्चियों को पूरा अधिकार है कि वह अपना शिक्षा का अधिकार प्राप्त करें, 21 वर्ष की आयु में बच्चियों की शादी करें ताकि बच्चे मानसिक, शारीरिक रूप से मजबूत रहे। समाज में हो रहे इस बाल विवाह को रोका जा सके,

इसलिए समय-समय पर अपने पोषक क्षेत्र में मैंने इस मुहिम को चलाया।

बच्चों को पढ़ाने की लो राह,
बंद करो बाल विवाह।
ज्ञान का दीपक जलाना है,
बाल विवाह को मिटाना है।

मेरे डिजिटल छात्र

मैं शोभा कुमारी, प्राथमिक विद्यालय पासवान टोला, घोरघट, बरियारपुर, मुंगेर, बिहार, में विगत 19 वर्ष से प्रधानाध्यापिका के पद को सम्हालते हुए, समाज में शोषित उपेक्षित वर्ग के लिए। अपने जिला में एकल विद्यालय 'एक शिक्षक वाले विद्यालय' हैं जो विगत कई वर्षो से भारत के उपेक्षित और आदिवासी बहुल सुदूर ग्रामीण क्षेत्रों में एकल विद्यालय फाउंडेशन द्वारा संचालित किए जा रहे हैं। भारत के वनवासी एवं पिछड़े क्षेत्रों मे हजारों एकल विद्यालय चल रहे हैं। ग्रामीण भारत के उत्थान में शिक्षा के महत्व को समझने वाले हजारों संगठन इसमें सहयोग दे रहे हैं। भारत के वर्तमान में 65 हजार गांवों के 26 लाख वनवासी बच्चों को एकल विद्यालय फाउंडेशन मुफ्त शिक्षा उपलब्ध करा रहा है। यहां बुनियादी शिक्षा ही नहीं दी जाती बल्कि समाज के उपेक्षित वर्गो को स्वास्थ्य, विकास और स्वरोजगार संबंधी शिक्षा भी दी जाती है। में माता की भूमिका निभाती हूं।

मेरे डिजीटल छात्र : नवाचार (नव+आचार) मतलब है बदलाव करना या किसी चीज़ को नए तरीके से करना। नवाचार शिक्षा छात्रों को रचनात्मकता, अनुकूलनशीलता और लचीलापन जैसे कौशल विकसित करने के अवसर प्रदान करके गतिशील कक्षा के लिए तैयार करने में मदद करती है। शिक्षा में नवाचार समस्याओं की पहचान करने, दूसरों को देखने और उनसे सीखने, इन समस्याओं के समाधान के लिए नए तरीके विकसित करने, तथा जब ये प्रयोग अपेक्षित परिणाम न दें तो उन पर पुन: अमल करने से आता है।

वीडियो प्रोजेक्ट – इन दिनों हमे देखने को मिल रहा है की हमारे विद्यालय के बच्चे चाहे गांव हो या शहर वो डिजिटल मूल निवासी हो गया है। वे वीडियो निर्माता भी हैं। चाहे वे TikTok, YouTube, Instagram या Snap पर हों, मैं निश्चित हूं कि छात्रों को वीडियो के बारे में सब कुछ पता है। उनके प्रोजेक्ट में वीडियो लाकर उनके जुनून का लाभ उठाती हूं। छात्र सहयोगियों को विशिष्ट विषयों पर वीडियो बनाने के लिए प्रोजेक्ट असाइन करती हूं। बच्चे न केवल अपनी रचनात्मकता का प्रयोग करते हैं, बल्कि साथ मिलकर काम करने से उन्हें अपने संचार कौशल को भी निखारने का सुअवसर मिलता है। साथ ही किन्हीं महा पुरुष की जयंती हो या कोई भी त्योहार बच्चों के द्वारा नाटक, और संगीत के माध्यम से प्रस्तुती करा कर उनमें आत्मविश्वास भरने का कार्य करती हूं, इससे बच्चों में एक अलग प्रकार का निखार आता है।

लेखन कौशल भावों एवं विचारों की अभिव्यक्ति

लेखन कौशल भावों एवं विचारों की अभिव्यक्ति जब लिखित रूप में होती हैं तो इसे लेखन कौशल कहते हैं।

लेखन के प्रकार : लेखन के प्रकार निम्नलिखित हैं :-

सुलेख : सुंदर लेख को सुलेख कहते हैं। सुलेख का लेखन कौशल में विषेष स्थान हैं।

एक सुंदर लेख में निम्नलिखित गुण होने चाहिए : परस्पर वर्णों का मात्राओं के साथ आकार की दृष्टि से अनुपात हो। देवनागरी लिपि के वर्णों में पाई( ) का चिह्न लेख को सुंदर बनाने में बहुत महत्व रखता हैं। यदि पाई सीधी होगी तो वर्ण सुंदर बनेंगे। पाई का कोण 90 अंष पर होना चाहिए। देवनागरी लिपि के वर्णों पर षिरोरेखा लगाना अनिवार्य माना जाता हैं। अत: प्रत्येक शब्द पर षिरोरेखा अवष्य हो। षिरोरेखा बिल्कुल सीधी होनी चाहिए। वर्णों में मात्राओं का योग ठीक से हो। विषेष रूप से 'ई' की मात्रा से पूर्व आधे व्यंजन के योग में तथा 'र' के साथ लगने वाली 'उ' व 'क' की मात्राओं में विषेष सावधानी की आवशयकता होती हैं। वर्णों, शब्दों, वाक्यों तथा पक्तियों की परस्पर दूरी समुचित रूप से होनी चाहिए। यह दूरी न तो बहुत अधिक हो और न ही बहुत कम। लेख को समुचित अनुच्छेदों में विभाजित किया जाना चाहिए। अनुच्छेद निर्माण एक कला है। अलग-अलग विचार के लिए अलग-अलग अनुच्छेद की रचना की जानी चाहिए। ध्यान रहे कि न तो एक ही विचार के लिए कई अनुच्छेद बनाएं जाएं और न ही एक अनुच्छेद में कई विचारों का समावेष हो। लिखते समय पृष्ठ के बांयी ओर उचित हाषिया छोड़ा जाना भी सुलेख के लिए अनिवार्य हैं।

अनुलेख : किसी आदर्ष लिखाई का हुबहू अनुकरण करना अनुलेख या अनुलिपि कहलाता है। इसमें छात्र शिक्षक के आदर्ष लेख का बिल्कुल हुबहू अनुकरण करते हैं। शिक्षक तख्ती या कॉपी पर वर्ण या शब्द लिख देता है और बच्चें देखकर ठीक वैसा ही लिखने का अभ्यास करते हैं।

श्रुतलेख : श्रुतलेख में विद्यार्थी सुनी हुई ध्वनियों को लेखनीबद्ध करते हैं। श्रुतलेख में सुंदर लेख का इतना महत्व नही है, जितना भाषा की शुद्धता का। श्रुतलेख का उद्देश्य विद्यार्थियों की श्रवणेन्द्रियों को पूर्ण षिक्षित करना भी हैं ताकि वह भाषा के शुद्ध रूप को सावधानी से सुन सके। इसमें विद्यार्थियों की लिखावट में सुडौलता, स्पष्टता व गति लाना भी उद्देश्य रहता हैं।

लेखन कौशल के उद्देश्य : 1.वर्णो को ठीक ठीक लिखना सीखना। 2.सुन्दर लेख का

अभ्यास करना। 3.शुद्ध अक्षर विन्यास का ज्ञान कराना। 4.वाक्य रचना के नियमों से परिचित होना। 5. विचार तार्किक क्रम में प्रस्तुम कराना। 6.अनुभवों का लेखन करना। 7.लिपि, षब्द, मुहावरों का ज्ञान होना।8.वाक्य रचना, षुद्ध वर्तनी, विराम चिह्नो का प्रयोग सिखाना।9.विद्यार्थियों को सृजनात्मक शक्ति और मौलिक रचना करनें में निपुण बनाना।

लेखन कौशल की विधियां:– खंडष: लेखन विधि – सार्थक रेखाओं को खींचनें के अभ्यास के बाद वर्णों का खंडष: लेखन कराया जाना चाहिए। इस विधि में पूरे वर्ण को एक बार लिखना न सीखाकर उसे खंडों में लिखना सीखाया जाता हैं। इस विधि से विद्यार्थी के लिए सीखना सुगम हो जाता है, जैसे:– 1. व् व क = क 2. व् व ब = ब, 3. प् प ष = ष 4. प् प फ = फ

रूप अनुसरण या रेखा अनुसरण विधि: यह एक अत्यन्त पुरानी व परम्परागत विधि हैं। यह लेखन अभ्यास के लिए अत्यन्त उपयोगी विधि हैं। इस विधि में अध्यापक तख्ती पर पेंसिल से वर्ण लिखता हैं, विद्यार्थी उस लिखें हुए वर्ण पर कलम चलाते हैं और स्याही फेरते हैं। विद्यार्थी उन बिन्दुओं को जोड़कर वर्ण की आकृति बनाना सीख जाते हैं। धीरे धीरे विद्यार्थी उस अवस्था तक पहुंच जाते हैं जिसमें शिक्षक ऊपर की पंक्ति में शब्द लिखता हैं। इस विधि में शिक्षकों को विद्यार्थियों का हाथ पकड़कर वर्ण की आकृति बनाने में उनकी सहायता करनी चाहिए।

मान्टेसरी विधि : इस विधि में सबसे पहले विद्यार्थी को लकड़ी, गत्ते आदि से बने वर्ण दिए जाते हैं। विद्यार्थियों को उन पर उंगली फेरने के लिए कहा जाता हैं। उंगली फेरने के अभ्यास के बाद विद्यार्थियों को उन वर्णों के बीच पेंसिल चलाने के लिए कहा जाता हैं। जब विद्यार्थियों की उंगलियां सध जाती हैं तो उन्हें स्वतन्त्र रूप से लिखने को कहा जाता हैं। इस अभ्यास के बाद विद्यार्थी स्वतन्त्र रूप से गत्ता या लकड़ी के वर्णों के बिना लिखना प्रारम्भ कर देते हैं।

पेस्टालॉजी की रचनात्मक विधि : इस विधि में लकड़ी व प्लास्टिक आदि से बने वर्णो के टुकड़ो को संकलित किया जाता हैं। ये टुकड़े वृत्त, अर्धवृत्त आदि होते हैं। विद्यार्थी किसी वर्ण को देखकर टुकड़ो को ढ़ूढकर उन्हे जोड़कर वैसा ही वर्ण बनाने का प्रयास करते है। इसमें विभिन्न टुकड़ो को मिलाकर धीरे धीरे सभी वर्णो को बनाना सीखाया जाता हैं। इसमें सरल वर्णो को पहले तथा कठिन वर्णो को बाद में सीखाते हैं।

परम्परागत विधि: इस विधि मे पहले स्वर फिर व्यंजन फिर शब्द उसके बाद मात्राएं तथा वाक्य लिखने सीखाते हैं।

समान आकृति समूह विधि: इस विधि में वर्णो को कुछ समूहों में विभाजित कर लिया जाता हैं तथा एक समूह के वर्णो को एक साथ सीखाया जाता हैं। इस विधि में थोडे. से प्रयास से ही

विद्यार्थियों को यह अनुभव होने लगता हैं कि उन्होनें बहुत कुछ सीख लिया हैं। जैसे-1.अ, आ, ओ, औ 2.व, ब, क 3. ड, ड़, ड. 4. न, म, भ

जेकासर विधि : इस विधि में विद्यार्थियों के सामने पूरा वाक्य प्रस्तुत किया जाता हैं। विद्यार्थी अनुकरण करते हुए एक एक शब्द को लिखते हैं। पूरे वाक्य को लिखकर उस वाक्य को मूल रूप से मिलाया जाता हैं तथा उसकी शुद्धता को सुनिष्चित किया जाता हैं।

लेखन कार्य का मूल्यांकन :-शिक्षक को विद्यार्थियों क`लेखन कार्य का मूल्यांकन करते समय निम्नलिखित बातों का ध्यान रखना चाहिए:-01.क्या विद्यार्थी दिए गए व्यंजन, मात्रा, संयुक्ताक्षर व शब्दों को देखकर लिख सकता हैं ? 02. क्या विद्यार्थी स्वर, व्यंजन, मात्रा, संयुक्ताक्षर, षब्द, वाक्य आदि का श्रुतलेख लिख सकता हैं ? 03. क्या विद्यार्थी सुपाठ्य लेख लिख सकता हैं ? 04. क्या विद्यार्थी उचित गति के साथ लिख सकता हैं ? 05. क्या विद्यार्थी उचित वाक्य विन्यास करते हुए लिखता हैं ? 06. क्या विद्यार्थी शुद्ध वर्तनी के साथ लिख सकता हैं ? 07. क्या विद्यार्थी शुद्ध विराम चिह्नों का समुचित प्रयोग करते हुए लिख सकता हैं ? 08. क्या विद्यार्थी यथोचित अनुच्छेदों का निर्माण करते हुए लिखता हैं ? 09. क्या विद्यार्थी प्रसंगसनुकूल शब्दों, मुहावरों तथा लोकोक्तियों का प्रयोग कर सकता हैं ? 10. क्या विद्यार्थी विचारों को क्रमबद्ध रूप से लिखकर व्यक्त कर सकता हैं ? 11. क्या विद्यार्थी अपनी रचना में विचारों की सुसम्बद्धता बनाएं रखता हैं ? 12. क्या विद्यार्थी विषय और अभिव्यक्ति के अनुकूल शैली का प्रयोग करते हुए लिखता हैं ?13. क्या विद्यार्थी सृजनात्मक और रचनात्मक लेखन कर सकता हैं ?

लेखन दोष :- लेखन दोष निम्नलिखित कारणों से हो सकता हैं।

व्यक्तिगत कारण :-कईबार लेखन दोष व्यक्तिगत कारणों से होता हैं। यदि किसी विद्यार्थी का मानसिक स्वास्थ्य ठीक नही रहता तो वह लिखना कुछ चाहता हैं और लिख कुछ और बैठता हैंबच्चे का शारीरिक दोष भी उसके लेखन दोष का कारण बन जाता हैं।

स्वभावगत कारण :-कुछ विद्यार्थी लेखन में लापरवाही बरतते हैं। वे लेखन के प्रति उदासीन होते हैं तथा उपेक्षाभाव बरतते हैं। बार बार अषुद्धियों का ध्यान दिलाने पर भी वे उनको सुधारने की तरफ प्रयत्नषील नही होते। वे एक ही शब्द को एक ही पृष्ठ पर एक बार शुद्ध तो दूसरी बार अषुद्ध लिख देते हैं, अर्थात इस प्रकार के विद्यार्थी लापरवाही के कारण अषुद्धियां करते हैं।

व्याकरणिक कारण :- लेखन में कुछ अषुद्धियों का कारण व्याकरण का अधूरा ज्ञान है। कहीं लिंग सम्बन्धी अषुद्धियां होती हैं, जैसे नाक, दही, पतंग आदि शब्दों के लिंगों का प्रयोग विद्यार्थी गलत करते हैं तथा कहीं वचन सम्बन्धी गलतियां होती हैं।

महिलाओं में आत्मविश्वास उत्पन्न करना

मेरा नाम भुवनेश कुमारी है। मैं प्राथमिक विद्यालय माननगर कांठ, ब्लॉक-छजलेट, मुरादाबाद में प्रधानाध्यापिका के पद पर कार्यरत हूं। मेरा काम ही मेरी पहचान =बालिका शिक्षा पर जोर। बालिकाओं को शिक्षित बनाने की जिम्मेदारी उठाना। परेशान व दुखी महिलाओं में आत्मविश्वास उत्पन्न करना। महिलायें व बालिकायें अपने काम को स्वयं करें, इस हेतु बोल्ड बनाना। अपने अधिकार को समझने व अपनी बात रखना सिखाना। विद्यालय की बालिकाओं को स्कूल लीडर बनाकर आत्मनिर्भर बनाना। बालिकाओं को ऊंची उड़ान उड़ने का सपना दिखाना। बालिकाओं व महिलाओं को महिला सशक्तिकरण का पाठ पढाकर जागरूक करना।

गली गली में महिला सशक्तिकरण के नारे लगवा कर व रैली निकलवा कर बालिकाओं व महिलाओं को जागरूक करना। बालिकाओं को हस्तशिल्प कौशल के विकास के अंतर्गत क्राफ्ट की अनेक वस्तुएं बनाना सिखाना। मेहंदी व्यवसाय से जोड़ने हेतु बालिकाओं को मेहंदी लगाना सिखाना। बच्चों को प्रतिदिन योग से जोड़ना। विद्यालय में समर कैंप चलाकर बच्चों में विद्यालय के प्रति ठहराव उत्पन्न करना। शिक्षा जागरूकता उत्पन्न करने हेतु स्टार ऑफ़ द मंथ, ज्ञानदीप, स्टार ऑफ़ दा डिसीप्लिन, स्टार ऑफ गुड अटेंडेंस, स्कूल लीडर, स्टार ऑफ़ गुड मैनर्स मैंने अपने द्वारा 7 विशेष अभियान चलाए। एक विशेष अभियान*हर शाम उमंग वह पहचान भारी दस्तक* मेरे द्वारा चलाई गई विशेष मुहिम का अर्थ बच्चों विशेषकर बालिकाओं को शिक्षित बनाने हेतु विद्यालय तक लाने के लिए घर-घर संपर्क करना।

अनेकों विशेष अवसरों पर बच्चों द्वारा मानव श्रृंखला का निर्माण किया जाना। मेरे द्वारा शिक्षा में नित नए नवाचार किए जाते रहे हैं। भिन्न भिन्न टीएम का निर्माण बच्चों की शिक्षण हेतु किया जाता है। शिक्षण में टीएम नवाचार का प्रयोग करके बच्चों को सम्मिलित करके जटिल पाठ्य सामग्री को आसान बना दिया जाता है। नवाचार से बच्चों को व्यवहारिक अनुभव मिलते हैं। इससे पाठय सामग्री को सिखाने में रचनात्मक आती है। बच्चों का ज्ञान मजबूत होता है। मेरे द्वारा पर्यायवाची खिड़की नवाचार तैयार किया गया। यह आकर्षित होने के साथ-साथ अति उपयोगी नवाचार है। अनेक खिड़कियां बनी हुई है। वह खिड़कियां खोली व बंद की जाती है। खिड़की खोलने पर चित्र के साथ शब्द लिखा होता है। जिसके अनेक अर्थ भी लिखे हैं।

प्रत्येक खिड़की के अंदर अलग चित्र व शब्द मिलते है। इसको पढ़ते समय बच्चों को आनंद की अनुभूति उत्पन्न होती है। इसको बच्चे रुचि पूर्वक पढ़ते हैं। इसका प्रयोग प्रत्येक बच्चे को पढ़ने के लिए कराया जाता है। प्रत्येक बच्चों को अवसर प्राप्त होता है। इसके द्वारा बच्चों की स्मरण शक्ति में वृद्धि होती है। इससे बच्चों का सीखने का अनुभव बेहतर होता है। इस तरह के नवाचार से बच्चों को प्रेरणा के साथ नई चीज़ सीखने की उत्सुकता रहती है। इस तरह के नवाचार रचनात्मक होने के साथ-साथ मजेदार भी बहुत होते हैं। नवाचारों से कक्षा कक्ष को आकर्षित रूप देने के लिए सुसज्जित किया जाता है।

आओ कर के सीखें

मैं ज्योति कुमारी प्राथमिक विद्यालय प्रखण्ड मुख्यालय, कसबा, पूर्णिया, बिहार की शिक्षिका हूँ। मैं 11 वर्षों से शिक्षण कार्य कर रही हूँ। जब मैं इस विद्यालय में आई थी, उस समय विद्यालय की रूपरेखा बिल्कुल भिन्न थी। बच्चे नियमित विद्यालय नहीं आते थे। उनमें स्वच्छ्ता का अभाव था। लेकिन आज के समय में बच्चे मुझसे पहले विद्यालय से जाना नहीं चाहते हैं। बच्चे 100 % यूनिफॉर्म में आते हैं।

शिक्षा का मतलब बच्चों को केवल किताबी ज्ञान ही नहीं देना, बल्कि उन्हें संस्कार भी देना है। उन्हें शिक्षित करना ही नहीं, सभ्य बनाना भी है। इसके लिए हमें उन्हें सर्व प्रथम विद्यालय में अनुशासन सिखाना जरुरी है। बच्चे घर से अधिक समय विद्यालय में व्यतीत करते हैं। हमारा कर्तव्य बनता है कि उनमें अच्छे_ बुरे की समझ विकसित करें। वर्ग कक्ष से ले कर खाने के तरीकों को भी उन्हें समझाएँ। उन्हें अन्न का महत्व बताएँ। भारतीय संस्कृति में अन्न को देवता माना गया है। हमें अन्न का आदर करना चाहिए।

हमें बच्चों को समझाना चाहिए कि भोजन करने का सही तरीका क्या है? भोजन से पूर्व अपने हाथों की सफाई जरूरी है। भोजन करने से पूर्व हमें अन्न देवता को हमेशा धन्यवाद करना चाहिए कि हमें खाने के लिए भोजन मिल रहा है। हमें उतना ही भोजन लेना चाहिए, जितना हम ग्रहण कर सकें। आज मेरे बच्चे प्रभु को नमन करके ही भोजन ग्रहण करते हैं। जो मेरे लिए बहुत बड़ी उपलब्धि है।

बच्चे वर्ग कक्ष में टिके रहें, इसके लिए नित नये नये गतिविधि का प्रयोग करती हूँ। बच्चों को गतिविधि के माध्यम से केवल पढ़ाई ही नहीं बल्कि पर्यावरण के प्रति भी जागरूक करती हूँ। साथ ही अभिभावकों को भी वृक्षारोपण एवं जल संरक्षण के लिए प्रेरित करती हूँ।

मेरे द्वारा चलाये जा रहे वृक्षारोपण अभियान का असर मेरे बच्चों पर भी दिख रहा है। शिक्षक दिवस के अवसर पर मेरे बच्चों ने मुझे hand made bouquet और सबसे सुंदर उपहार एक पौधा भेंट किया, जो अनमोल है। आज मुझे प्रतीत हो रहा है कि मेरी शिक्षा का मेरे बच्चों पर असर हो रहा है।

मेरे विंद्यालय के बच्चे हस्त कला में भी निपुण हो चुके हैं। वो कबाड़ से बेहतरीन चीजों का निर्माण करते हैं। मेरे बच्चे T। M निर्माण में भी मेरी मदद करते हैं, साथ ही वर्ग कक्ष को आकर्षक

बनाने में भी।

मैं बच्चों को अंतिम घण्टी में स्वयं की रक्षा करने के लिए गतिविधि कराती हूँ। बच्चों को आत्मरक्षा सिखाना एक ऐसी चीज है जिसे हम आज के समाज में अक्सर अनदेखा कर देते हैं, लेकिन यह अत्यंत महत्वपूर्ण है। यह बच्चों को ज़रूरत पड़ने पर शारीरिक रूप से खुद की रक्षा करने की क्षमता प्रदान करती है, उन्हें आत्म निर्भर एवं स्वावलम्बी बनाने में मदद करती है।

मैं चाहती हूँ कि बच्चे जो कि कल के भविष्य हैं, वो सिर्फ पढ़ने में ही महारथ हासिल न करें बल्कि हर क्षेत्र में कामयाब हों। वो शिक्षित ही नहीं, सभ्य भी बनें, पर्यावरण संरक्षण में योगदान दें, अच्छे –बुरे में फर्क करना सीखें। एक सफल इंसान बनें

भाषा विकास के साथ कला से रूबरू होते बच्चें

मैं महेन्द्र सिंह माली वरिष्ठ प्रबोधक (शिक्षक) राजकीय प्राथमिक विद्यालय भूराटीबा, डेहरा – जोहड़ी, ब्लॉक/जिला – नीमकाथाना, राजस्थान से हूँ। प्राथमिक विद्यालयों में बालकों की आरम्भिक शिक्षा के क्षेत्र में 1999 से अबतक 25 वर्षों का अनुभव हो चुका है। स्वयं के कॉलेज समय में एनसीसी (नेशनल कैडेट कॉर्प्स) होने पर अनुशासन – आत्मनिर्भरता, नेतृत्व – टीमवर्क, देशभक्ति – सेवा की भावना, शारीरिक – मानसिक स्वस्थता के साथ सामाजिक चेतना जागरूकता फैलाने जैसे गुणों का समावेश होना तो स्वाभाविक ही बनता है। इसलिए विद्यालय में हमेशा ही अन्यों की अपेक्षा कुछ हटकर नया प्रदर्शन करने का जज़्बा /प्रयास रहता है।

मेरा व्यक्तिगत मानना है कि बच्चों के साथ बच्चा बनकर नियमित रूप से व्यक्तिगत बातचीत करने से अभिव्यक्ति के अवसर सीखने की प्रक्रिया में एक अहम हिस्से के रूप में आवश्यक है जो बच्चों का विद्यालय से जुड़ाव बढ़ाने में मददगार होती है। जिससे बच्चों को सीखने में आनंद का अहसास होने लगता है। वे पूर्ण रूचि एवं तन्मयता के साथ सहभागिता में सक्षम होते हैं।

अक्सर विद्यालय कक्षा कक्ष हो या खेल का मैदान शिक्षण दौरान छात्रों को उनके शैक्षिक स्तर के अनुसार छोटे–छोटे समूहों में बैठाकर सीखाने की कोशिश के साथ गतिविधि दौरान सीखने की प्रक्रियाओं का अवलोकन करता हूँ। इससे समूह के साथियों को एक दूसरे के साथ जुड़ने में सहयोग मिलता है तथा उन्हें आपस में मिलकर एक दूसरे के साथ सीखने एवं सीखाने के अवसर मिल पाते हैं। यह सही भी है कि छात्रों के लिए अपने हम उम्र साथियों के साथ सीखना बेहतर होता है। छात्रों के साथ हमेशा प्रेम–भाव से किया गया संवाद उनके विचारों तथा क्रिया की आजादी और भावनात्मक विकास को बल प्रदान करता है और एक स्वस्थ मानसिकता वाले समाज के निर्माण में संवेदनशील नागरिक का विकास संभव करता है। भय बाल मन के विकास में सबसे बड़ा बाधक होता है। उनकी जिज्ञासाओं, कल्पनाशीलता के विकास के मार्ग को अवरूद्ध करता है साथ ही बच्चों को हीन भावना से भर देता है। मेरा हमेशा यही प्रयास रहता है कि मैं छात्रों के नए पुराने अनुभवों को जोड़कर ही उनकी समझ का विकास करता हूँ। उन्हें एक ऐसा माहौल और अवसर प्रदान करता हूँ कि छात्र सहज भाव से अपनी सक्रिय भागीदारी सुनिश्चित करते हैं, जिससे सही मायने में उनका बौद्धिक विकास होता है।

उन्हें रचनात्मक प्रक्रियाओं को सीखने तथा सीखाने की प्रक्रियाओं का हिस्सा बनकर वर्ण, शब्द, वाक्य पठन के साथ गिनती – पहाड़ें उच्चारण करवाता हूँ। हिन्दी की भांति अंग्रेजी भाषा में भी एल्फाबेट लेटर्स (केपीटल एण्ड स्मॉल लेटर्स) वर्ड एवं सेंटेंस के कार्ड ढूंढ़वाकर पहचान करवाना, वर्ण–शब्द की अंत्याक्षरी करवाना, मोती माला से गणना तथा समूह बनाकर जोड़ – घटाव करना सीखाना फिर इबारती प्रश्न पूछने से छात्रों को अपने स्तर के अनुरूप संतुष्टि पूर्ण सीखना सुनिश्चित होता है तथा पढ़ने की रूचि/आदत का विकास आत्मनिर्भर तरीके से अपने आप कार्य करने की भावना के विकास साथ भाषा का विकास होता है।

अपने निजी जीवन के अनुभव आपको शेयर करते हुए बताना चाहता हूँ कि शिक्षण में सरल प्रक्रियाओं को लेकर चलने से बच्चों का विद्यालय में अधिकाधिक जुड़ाव सुनिश्चित कर पाना आसान होता है। कक्षा एक एवं दो के छात्रों को खेल खेल में शिक्षण (प्ले बेस्ड लर्निंग) में शून्य निवेश से निर्मित शिक्षण अधिगम सामग्री में अक्षरों की पहचान, शब्द बनाने के लिए फ़्लैश कार्ड, बोर्ड गेम्स या चित्रों का उपयोग, कहानी आधारित शिक्षण, आवृत्ति – पुनरावृत्ति विधि में बार बार पढ़ाने से छात्रों की स्मरण शक्ति बढ़ती है।

कक्षा तीन से पांच के छात्रों को रचनात्मकता के साथ विषय आधारित शिक्षण अर्थात विज्ञान की अवधारणा के विकास हेतु विभिन्न प्रयोगों के साथ पुस्तकालय में पत्र–पत्रिका उपलब्ध करवाई जाती है। विषयवार मासिक, साप्ताहिक और दैनिक कार्य योजना के अनुरूप हिंदी/अंग्रेजी भाषा की समझ के लिए कविता – कहानी चार्ट/पोस्टर बनाकर दीवारों पर चस्पा किया जाता है। प्रोजेक्ट के रूप में घरेलू उपयोगी सामान, फल, सब्जी, बीज, पत्ती संग्रह, फसलें, पेड़–पौधे, पशु–पक्षी, रिश्ते – नाते तथा परिवार वृक्ष जैसे पोस्टर तैयार करवाए जाते हैं।

अवलोकन – अवलोकित उक्त बिंदुओं के साथ चिंतन मनन करते हुए सदैव नयी कार्य योजना तैयार करने से विद्यार्थियों में सकारात्मक माहौल के साथ कलात्मक प्रतिभाओं का विकास हुआ है एवं छात्रों में पुनः अभ्यास की आदत का विकास के साथ स्वस्थ प्रतिस्पर्धा बढ़ी है। मन से संकोच भी दूर हुआ है।

निष्कर्ष रूप में बताना चाहूंगा कि हम शिक्षकों द्वारा शिक्षा में सुधार के लिए अपनाएं गये छोटे – छोटे नवाचार विद्यार्थियों के सीखने की प्रक्रिया को बहुत अधिक रोचक एवं प्रभावी बनाते हैं। नवाचारों से छात्र अपनी रचनात्मकता का उपयोग करके समस्याओं को हल करने में सक्षम बनते हैं। नवाचारों की नवीन तकनीक व प्रक्रियाएं शिक्षा को सरल और बनाती है। नवाचार ही भविष्य में शिक्षा को नई ऊँचाइयों तक ले जा सकते हैं।

खेल-खेल में बच्चो को एक्टिविटी सिखाना

मैं वंदना, मध्य विद्यालय बखरी खरकट्टा, समेली, कटिहार, बिहार से हूँ। खेल खेल में बच्चो को एक्टिविटी के माध्यम से सुरक्षित शनिवार करवाया जाता है जिसमें बच्चो को विभिन्न आपदाओं से बचने के उपाय के बारे में सिखाया जाता है। बच्चो को पहले बताया जाता है विषय के अनुसार उन आपदाओं के बारे में फिर उनसे होने वाले नुकसानों के बारे में बताया जाता है फिर उनसे बचाव के बारे में जानकारी दी जाती है ताकि उन आपदाओं से निपटारा कर सकें। फिर एक्टिविटी के माध्यम से बच्चो को मॉकड्रिल भी करवाया जाता है जिससे की बच्चो मे करके सीखने की क्षमता आ जाती है और बच्चे जल्दी सीखते है। मेरी सारी एक्टिविटीज प्ले बेस्ड होती है जिसमें बच्चा खेल खेल में बहुत आसानी से सीखता है। पिछले साल मैंने बहुत सारे TIM का निर्माण किया जिसमे मुझे एससीईआरटी की तरफ से पुरुस्कृत भी किया गया, TIM बनाने का उद्देश्य था कि बच्चे TIM से जल्दी सीख पाएंगे क्योंकि उसमे एक्टिविटी कर बच्चो मे ज्ञान की वृद्धि होगी। अब बच्चे भी मेरे साथ मिलकर TIM बनाते है और सीखते है। किसी भी टॉपिक के बारे में पढ़ाने से पहले मे TIM का निर्माण कर लेती थी जिससे की बच्चो मे पढ़ाई करने में खुशी की लहर आई।

गुड टच एवं बैड टच सिखाया गया, बच्चो में अच्छे स्पर्श और बुरे स्पर्श के लिए भी जागरूकता अभियान चलाया जिसमे बच्चो को एक्टिविटी के माध्यम से सिखाया गया। मिट्टी से मूर्ति बर्तन बनाई गई इससे बच्चो मे एक दूसरे के साथ मिलकर काम करने की भावना आई और खूब सारी आकृतिया बनाना भी सीखे। विभिन्न आर्ट एवम क्राफ्ट सिखाए गए जैसे कि पेपर क्रॉफ्ट और घर के डेकोरेशन के आइटम्स, दिवाली डेकोरेशन कैसे करे यह सब सिखाया गया।

पुराने बल्ब जो खराब हो गए है उनको कलर कर उनको धागे से बांधकर वॉल डिकोरेशन सिखाया गया। पेपर लैंप बनाना सिखाया गया। बांस की लक्कड़ से दिवाली पर धनुष और तीर कमान बनाना सिखाया गया। पेड़ पौधों की आवश्यकता और महत्व को देखते हुए बच्चो में जागरूकता बनाई और पेड़ पौधों को लगाया गया, साफ सफाई अभियान चलाया गया। किशोरियों को सिखाया गया कि महावारी के समय साफ सफाई का जरूरी ध्यान दें ताकि वो कैंसर जैसे घातक बीमारी से बच सके। सांस्कृतिक गतिविधियों गाना, नृत्य, नाटक कराया गया। खेल कूद कराया गया आदि।

बच्चों से विभिन्न तरह के विषयों पर बातचीत करना

मैं सुमन कुमारी प्राथमिक विद्यालय दनसार प्रखंड जलालगढ़ जिला पूर्णिया में कार्यरत हूं। मैं लगभग 17 वर्षों से अपने विद्यालय में कार्यरत हूं। मेरा विद्यालय ग्रामीण क्षेत्र में है और ग्रामीण बच्चों को शिक्षा से जोड़ कर रखना बहुत ही चुनौती भड़ा होता है। पर मैं इसका सामना करते हुए बच्चों से बातचीत करना शुरू की, बातचीत करने पर बच्चों का झिझक टूटने लगा। बच्चों के साथ मैं खेलती भी इससे प्रभावित होकर बच्चे विद्यालय में आने लगे।

उसके बाद मैं बच्चों से विभिन्न तरह के विषयों पर बातचीत करना शुरू कर दी। बच्चे अपनी भावनाओं को सुनाने के लिए आपस में अफरा तफरी करते पर मैं एक एक कर सारे बच्चे की बातों को सुनती उनके मनोदशा को समझती बच्चे मजे लेकर बातें करते इसी क्रम में मैं पाठ पुस्तक पर जाती और उसे पाठ के कविता या कहानी को अपनी भाषा में उसे बताती हूं। पुन: बच्चों को अपनी भाषा में पाठ करने को कहती हूं तो बच्चे आसानी से पाठ को कहते हैं। बच्चों की गतिविधि द्वारा भी पाठ करवाती हूं। उसके लिए मैं खुद TIM का प्रयोग करती हूं। TIM बनाने के लिए बच्चों का भी सहयोग लेती हूं। इससे बच्चों में सहयोग की भावना का विकास होता है।

बच्चों का सर्वांगीण विकास हेतु पत्ते, पेपर, क्राफ्ट चित्रकला घरेलू बेकार की चीजों से शिक्षण सामग्री का निर्माण खेलकूद आदि पर विशेष गतिविधियां कराती हूं। पाठ पढ़ने के बाद बच्चों से बोलती हूं की पाठ में जो भी शब्द अच्छा लगा उस शब्द को लिखकर या उसका चित्र बनाकर उसके बारे में लिखवाती हूं। इसमें बच्चे बढ़ चढ़कर भाग लेते हैं।

मिट्टी से कुछ वस्तु बच्चों से बनवाकर उसका क्या उपयोग होता है लिखवाती हूं बच्चे बड़े मजे से वस्तुएं बनाते हैं और उसके बारे में बताते हैं। इससे बच्चों में सृजनात्मकता का विकास होता है।

वीडियो निर्माण– मैं बच्चों के साथ अनेक विषयों पर वीडियो भी बनाती हूं। बच्चे वीडियो के द्वारा कविता पाठ हाव भाव गतिविधि आदि करते हैं। बच्चे वीडियो बनाने में काफी रुचि लेते विभिन्न विषयों पर तरह-तरह के अभिनय करते हैं इससे बच्चों में सर्वांगीण विकास होता है। किताबी ज्ञान से हटकर मैं बच्चों से पत्ते, मिट्टी घरेलू बेकार की चीजे से शिक्षण सामग्री बनवाती हूं। जिससे बच्चे बेकार की चीजों का उपयोग दोबारा किया जा सके सीखते हैं। बच्चे इन में विशेष रुचि दिखाते हैं और शिक्षण अधिगम प्रकिया बेहतर होती है।

चमकते सितारे

मैं प्रतिभा रानी भारती, शिक्षिका - प्राथमिक विद्यालय हर्रा सरूरपुर, मेरठ, उत्तर प्रदेश विद्यालय में लगातार 14 वर्षों से मैं शिक्षण कार्य में संलग्न हूं, और बच्चों की उन्नति हेतु लगातार प्रयास करती आ रही हूं। मैं एक कलाकार हूं और बच्चों को कुछ नया सीखाने का हमेशा प्रयास करती हूं। मैं बालिकाओं और बालकों को मिट्टी के बर्तनों पर चित्रकारी और उनको नया रूप देने हेतु कलाकारी करके सिखाती हूं। जो की एक उचित मूल्य पर बेका भी जा सकता है। बच्चों को मैं कपड़े पर और तरह-तरह की पेंटिंग करना भी सिखाती हूं। बच्चों को वेस्ट चीजों के माध्यम से उपयोगी वस्तुएं बनाना सिखाती हूं। बच्चों के लिए शिक्षाप्रद कहानियां मेरी कई पुस्तकों में छप चुकी हैं जो कि मैं अपने पुस्तकालय में बच्चों के पढ़ने के लिए रखती हूं बच्चों के लिए मैं कविताएं भी लिखती हूं जिनका लर्निंग आउटकम बहुत ही उपयोगी होता है अपने विद्यालय में मैंने चित्रकारी के द्वारा बहुत से चित्र विद्यालय के स्तंभों पर बनाए हैं। विद्यालय में बच्चों को विभिन्न गतिविधियों के माध्यम से पाठ समझाती हूं। जो कि बच्चों को बहुत ही सहज तरीके से समझ आते हैं।

कला क्राफ्ट और पपेट्स में मैंने डायट मेरठ में कई बार प्रथम स्थान प्राप्त किया है क्योंकि मैं विभिन्न प्रकार के आकर्षक टी एल एम बनाकर बच्चों को शिक्षा प्रदान करती हूं। मेरे द्वारा निर्मित टी एल एम का चयन राज्य स्तर पर भी हो चुका है। मेरा एक टी एल एम सिखाता चलचित्र बहुत लोकप्रिय है। इसमें बच्चों को पपेट्स के द्वारा मैंने कई पाठ पढ़ाए हैं। जिससे बच्चों की अपने विषय के प्रति रुचि जागृत होती है। मैं कबाड़ से जुगाड़ यानी बेकार चीजों से बड़े उपयोगी टी एल एम बनाती हूं। और बच्चों को उपयोगी टी एल एम की सहायता से सिखाती हूं मेरे द्वारा निर्मित सिम-सिम गणित पिटारा पर मुझे पुरस्कृत भी किया गया, और वह कक्षा कक्ष में विभिन्न गतिविधियां बच्चों के द्वारा कराता है। सिम -सिम गणित पिटारा बहुत ही उपयोगी टी एल एम है। बच्चे इसमें खेल-खेल के द्वारा ही बहुत कुछ सीख जाते हैं। मैंने योग शिक्षा प्राप्त की हुई है। इसलिए मैं अपने अनुभव साझा करते हुए बच्चों को सुबह विभिन्न प्रकार के योगाभ्यास कराती हूं। जिससे बच्चे खासा उत्साह के साथ मेरे साथ योगाभ्यास करते हैं। मंडल स्तर पर मेरी कक्षा की छात्रा का चयन हुआ था। और उसे मेडल और सम्मान पत्र भी प्राप्त हुए। इन नवाचारों के माध्यम से मैं बच्चों का सर्वांगीण विकास कर रही हूं। और आशा करती हूं कि मैं अपने पथ पर सदैव अग्रसर रहूं।

प्राथमिक स्तर पर शिक्षण

मैं अब्दुल कलीम खाँ, शिक्षक, राजकीय उच्च माध्यमिक विद्यालय सेवली खंडेला, सीकर (राज.) से हूँ।

मानव एक सामाजिक प्राणी है। सामाजिक प्राणी होने के परिणामस्वरूप उसे समाज के नियम उप नियमों की पालना करना परम आवश्यक है। समाज के नियमों की पालना करने के लिए उसे पहले समाज के प्रति अपने उत्तरदायित्व को जानने के लिए उसे विद्यालयों की शरण लेनी पड़ती है। जब तक वह यह नहीं जान पाएगा कि उसके व समाज के लिए क्या हितकर है और क्या नहीं?

अपने आप को समाज के लिए तैयार करने के लिए वह विद्यालय की ओर शरण लेता है। अब वह अपने जीवन का स्वर्ण युग विद्यालय में व्यतीत करना प्रारंभ कर देता है। प्राथमिक स्तर में बालक को शिक्षण कार्य करवाते समय बालक के सर्वांगीण विकास की ओर हमारा ध्यान होना चाहिए। बच्चे की कोमल भावनाओं का हमें आदर करना चाहिए। समुचित मात्रा में स्नेह और प्रेम करना चाहिए। बच्चों को उनके मन में उत्पन्न भाव और जिज्ञासाओं का उचित निराकरण करना चाहिए। बच्चों को प्राथमिक स्तर पर शिक्षा करवाते समय हमें उनकी रुचि का भी ध्यान रखना परम आवश्यक हो जाता है। छोटी–छोटी कविताओं के माध्यम से छोटे छोटे खेलों के माध्यम से और विभिन्न प्रकार की रुचिप्रद गतिविधियों के माध्यम से शिक्षण कार्य करवाना चाहिए। जिससे उनके आत्मविश्वास में वृद्धि हो और वह अधिक सीखने की ओर अग्रसर हो सकें। जब बच्चे स्वयं कुछ करके सीखते हैं तो उनमें आत्मविश्वास बढ़ता जाता है और यही आत्मविश्वास उनमें एक सकारात्मक ऊर्जा का संचार करता है। यही ऊर्जा उनके अधिगम को और अधिक सरल और सुगम बना देती है। प्राथमिक स्तर पर शिक्षण के समय बच्चों और शिक्षक दोनों के मध्य आत्मीय संबंध होना नितांत आवश्यक है। इस कारण ही बच्चे अपने आप को एक भयमुक्त वातावरण से परिपूर्ण मानते हैं और लगन के साथ वे संपूर्ण शिक्षण कार्य को सरलता, सुगमता और सहजता से प्राप्त कर सकते हैं।

प्राथमिक स्तर पर शिक्षण कार्य के दौरान हम बच्चों को विभक्त कर कुछ गतिविधियाँ करवा सकते हैं। जिससे बच्चे एक दूसरे साथी की मदद से देखकर व स्वयं करके आसानी से उस कार्य को सरल से सरलतम ढंग से कर पाते हैं। अपने अनुभव के अनुसार मैंने अपने शिक्षण कार्य के

दौरान कुछ गतिविधियाँ विद्यालयों में संचालित करवाई। जिससे बच्चों ने काफी रुचि दिखाई। यहाँ मैं एक दो गतिविधियों के बारे में आपको बताने का प्रयास कर रहा हैं। एक गतिविधि लेखन से संबंधित मैंने बच्चों को श्रुति लेख लिखवाने का प्रयास किया। शब्दों में आए हुए वर्षों को ताली बजाकर एक-एक वर्ण को अलग-अलग करते हुए बोल-बोल कर लिखवाया। इससे बच्चे बहुत ही जल्दी और आसानी से सुनकर लिखना सीख गए। उसके बाद मैंने मात्राओं का ज्ञान भी उसी प्रकार उच्चारण करवा कर लिखवाया, इससे बच्चों में सुनने की क्षमता का विकास हुआ। सुनकर समझने की और समझ कर लिखने की क्षमता का विकास हुआ।

दूसरी गतिविधि मैंने कक्षा 3 व 4 के विद्यार्थियों के मध्य करवाई। इसमें मैंने श्यामपट्ट पर दो बिना मात्रा के शब्द लिख दिए और प्रत्येक बच्चे से उनके मात्रा लगाकर नए सार्थक शब्द बनवाने का प्रयास किया। प्रारंभ में बच्चे कुछ हिचकिचाए। बाद में उनकी समझ में आ गया और उन्होंने उस एक बिना मात्रा के शब्द के विभिन्न प्रकार की मात्रा लगा लगा कर नए सार्थक शब्दों का निर्माण किया। देखते ही देखते श्यामपट्ट पूर्ण रूप से भर गया। इस प्रकार बच्चों को शिक्षण के दौरान समुचित अवसर प्रदान किए जाएँ तो प्राथमिक स्तर पर बालकों की नींव मजबूत होगी और इसके आधार पर वे उच्च प्राथमिक और उच्च माध्यमिक स्तर पर अपने अधिगम स्तर को और अधिक ऊँचाई पर ले जा सकते हैं।

विकास की ओर बढ़ते मेरे बच्चे

मैं वीणा कुमारी मध्य विद्यालय कोआही, रून्नीसैदपुर और जिला सीतामढ़ी में एक शिक्षिका के पद पर काम कर रही हूं।

जब मैं विद्यालय आई तो मेरे सामने बहुत सी समस्याएं और चुनौतियां थी क्योंकि मेरा विद्यालय पूर्णता ग्रामीण क्षेत्र में था जहां अत्यंत पिछले लोगों की बस्ती थी। यहां बच्चों की उपस्थिति भी बहुत कम थी और बच्चे ड्रेस में भी नहीं आते थे जैसे तैसे चले आते थे विद्यालय मैंने एक अभियान शुरू किया बच्चों को ड्रेस में लाने का और स्वच्छता को अपनाने का जिसके लिए मैं कुछ बच्चों के साथ घर-घर जाकर अभिभावकों से मिली उनको समझाया विद्यालय में भी प्रतिदिन सभी बच्चों को ड्रेस के बारे में बताती उसके महत्व को समझाती, इस काम में निरंतर प्रयास करती रही बहुत प्रयास के बाद कुछ बच्चे ड्रेस में आए तो मैं चेतना सत्र में उन बच्चों को कुछ न कुछ इनाम देती और उनके लिए तालियां बजवाती और उनकी तारीफ करती, जिससे और बच्चे भी प्रोत्साहित होते और धीरे-धीरे ड्रेस में बच्चों की उपस्थिति बढ़ने लगी।

एक तरफ मैं शैक्षणिक व्यवस्था को भी सुधारने का प्रयास करती थी जिसके अंतर्गत में विद्यालय में उपलब्ध साधन से ही बच्चों में पढ़ाई के प्रति रुचि जगाने का प्रयास करती लेकिन मेरा मानना है कि एक बच्चे को पढ़ाने से पहले एक शिक्षक को उसमें आत्मविश्वास जगाने की जरूरत होती है जिसके लिए बच्चों के साथ अपनापन की भावना को विकसित करना चाहिए और जब बच्चा आपके सामने अपने आप को खुलकर अभिव्यक्त करेगा तो आप उसे कुछ भी आसानी से सीख सकते हैं। मैंने भी यही किया बच्चों के सर्वांगीण विकास के लिए सब कुछ आवश्यक है खेल भी, पढ़ाई भी, स्वास्थ्य भी, संस्कृति और कला तथा नैतिक विकास भी मैंने अपनी कविताओं, कहानियों और स्लोगन के माध्यम से बच्चों में विकास का प्रयास किया और उनके अंदर छुपी प्रतिभाओं और आत्मविश्वास को बढ़ाया। आसपास की चीजे पत्ते, कागज पौधे कंकर आदि से उनमें पढ़ाई के प्रति रुचि जगाया। इसी दिशा में मैंने" ई -शिक्षा पत्रिका" में नन्हे बच्चों के चित्र को छपवाया जिससे उनका आत्मविश्वास और बढ़ा।

चेतना सत्र में कहानी कविता और सामान्य ज्ञान के माध्यम से पढ़ाई के प्रति रुचि जगाई जिसमें सामान्य ज्ञान का प्रश्न बच्चों को खुद ही तैयार करने के लिए बोलती हूं, प्रत्येक दिन एक छात्र और एक छात्रा को यह लाना है और जब वह पांच सामान्य ज्ञान के प्रश्न को खोजेंगे तो उनमें

सोचने समझने की क्षमता विकसित होगी।

मैंने कई प्रकार के खेल प्रतियोगिता, गायन प्रतियोगिता, भाषण प्रतियोगिता, मेहंदी प्रतियोगिता, डांस प्रतियोगिता का आयोजन किया और अपने निजी कोश से बच्चों को पुरस्कार दिया। मैंने मिट्टी के कई प्रकार के खिलौने और कलाकृतियां बच्चों से बनवाई।

इतना ही नहीं जो 6 से 8 वर्ग के बच्चे हैं उनके लिए मैं आत्म सम्मान आधारित जीवन कौशल किस प्रकार सुनिश्चित करेंगे इस पर भी काम किया है और इस विषय पर मैं राज्य प्रशिक्षक और जिला प्रशिक्षक भी हूं। किशोरावस्था में बच्चे कई प्रकार के परेशानियों का सामना करते हैं जैसे अपने चेहरा रंग रूप आकार प्रकार को लेकर उन बच्चों के मन में बहुत सारी दुविधाएं होती हैं जिनका अगर सही समय पर समाधान नहीं किया गया तो बच्चे अवसाद से ग्रसित हो जाते हैं जो कि उनके भविष्य के लिए बहुत ही घातक सिद्ध होता है। मैं कहानियों के माध्यम से उन बच्चों में आत्मविश्वास जगाया कि तुम जो हो जैसे हो वैसे ही बहुत अच्छे हो अपने आंतरिक गुणो को निखरना चाहिए क्योंकि बाहरी रंग रूप कोई मायने नहीं रखता है। आजकल बच्चे मीडिया या लड़कियां सौंदर्य प्रसाधनों के पीछे आंखें मूंदकरकर भरोसा करती है जिसके बारे में मैंने उन्हें हमेशा सजग करती हूं कि ऐसा कोई प्रसाधन नहीं जो तुम्हें बदल दे बस अपने गुणों को निखारो अपने आतमविश्वास को बढ़ाओ वही असली सुंदरता है। मैंने जेंडर रूढ़िवादिता पर भी काम किया है और कर रही हूं मेरा मानना है शैक्षणिक किताबों से तो ज्ञान मिलता ही है लेकिन हमें बच्चों में खास करके किशोर किशोरियों में जो इस उम्र में अवसाद से ग्रसित हो सकते हैं उनमें आत्मविश्वास बढ़ाने की आवश्यकता है क्योंकि सरकारी स्कूल की बहुत से छात्र-छात्रा है जो आठवीं पास करके पढ़ाई छोड़ देते हैं कुछ रंग रूप के कारण तो कुछ जेंडर रूढ़िवादिता के कारण यह बहुत संवेदनशील विषय है जिस पर मैं काम कर रही हूं और आगे भी करती रहूंगी क्योंकि यही बच्चे हमारे देश के भविष्य है अगर यही मानसिक और शारीरिक रूप से स्वस्थ नहीं रहेंगे तो हमारे देश का विकास ही रुक जाएगा और एक शिक्षक होने के नाते हमारा यह कर्तव्य बनता है कि हम अपने इन बच्चों को एक निश्चित, सुनिश्चित और स्वस्थ दिशा प्रदान करें ताकि यह बच्चे देश के अच्छे नागरिक बने और हमारे देश के विकास में सहायक हो।

नवाचार शिक्षण शिक्षण पद्धति

मैं रूपरेखा कुमारी मध्य विद्यालय कुसुमार संग्रामपुर मुंगेर बिहार में प्रखंड शिक्षिका के पद पर कार्यरत हूं। मैं अपने विद्यालय के बच्चों को अपने विद्यालय के प्रति जागरूक करने के लिए विभिन्न प्रकार के कबाड़ से जुगाड़ कर टीएलएम मैं खुद से बनाती हूं, यही नहीं मैं शिक्षक अभिभावक संगोष्ठी में किसी तरह का फेस्टिवल हो जैसे रक्षाबंधन के शुभ अवसर पर मैंने दो बच्चों को लिया और एक बच्चे को राखी का चित्र बनाकर उसमें आर अक्षर दिया दूसरे को भी राखी का चित्र बनाकर खी मात्रा वाले शब्द को लिखकर पूरी अभिनय के साथ राखी की अवधारणा को बताते हुए मैंने अभिभावक को भी विद्यालय के प्रति जागरूक किया साथ ही बच्चों को भी विद्यालय के प्रति जागरूक करने का काम किया इसके अलावा मैं विद्यालय में उपलब्ध टीएम का प्रयोग भी करती हूं और हमारे विद्यालय के बच्चे कैसे खुश हो।

नवाचार शिक्षक शिक्षण विधि लक्ष्य को प्राप्त करने के लिए चुनी गई विधि है इनमें कई सोपान होते हैं इन सोपानों को ठीक से व्यवस्थित करना हम शिक्षकों का उत्तरदायित्व होता है। हमारे सुप्रसिद्ध समाजशास्त्री विकिपीडिया जी का कहना है जिस ढंग से शिक्षक शिक्षार्थी को ज्ञान प्रदान करते हैं उसे शिक्षण विधि कहते हैं शिक्षण विधि पद का बड़ा प्रयोग व्यापक अर्थ में होता है एक तरफ अनेक प्रणालियों एवं योजनाएं सम्मिलित की जाती है दूसरी ओर शिक्षक की बहुत सी प्रक्रियाएं भी सम्मिलित कर ली जाती है। मैं उन बच्चों के ज्ञान को अपनी और आकर्षित करने की भली भांति कोशिश करते रहती हूं हमारे विद्यालय के बच्चे हमसे काफी उत्साहित रहते हैं हमारी हमेशा यही कोशिश रहनी चाहिए कि बच्चों के साथ-साथ उसके अभिभावक भी हमारे विद्यालय के हर कार्य से हमेशा प्रभावित रहे। इसके अतिरिक्त मुझे जिला स्तर पर अनेकों सम्मान मिले हैं। जितने सम्मान मिलते हैं उतना ही मेरा दायित्व बढ़ता जाता है कि अपने छात्रों के प्रति और अधिक निष्ठा से कार्य करूं। इस प्रकार में पूरी लगन से पूरी निष्ठा से विद्यालय में शिक्षण कार्य के साथ छात्रों को आनंददायक माहौल प्रदान करके विद्यालय को आनंद घर का रूप दे रही हूं।

मेरे नवाचारी कार्य देखकर मुझे अपने राज्य से बाहर उत्तर प्रदेश में भी राष्ट्रीय संयोजक श्रीमती पल्लवी शर्मा द्वारा एक गूंज संस्था के राष्ट्र गौरव शिक्षक सम्मान हेतु आमंत्रित किया गया है। मुझे गर्व है कि मैं एक शिक्षक हूं मैं सदा शिक्षक होने की मर्यादा का पालन करूंगी।

गतिविधियों के द्वारा शिक्षण कार्य

सहायक सामग्री का प्रयोग

मुख्य विषय –हिंदी, संस्कृत

मैं **सीमा देवी, सहायक अध्यापक, संविलयन विद्यालय मल्हीवाला, विकास खण्ड– छजलैट, मुरादाबाद** 13 वर्षों से अनवरत अध्यापन कार्य से जुड़ी हुई काव्य लेखन में रुचि रखने वाली एक नवाचारी शिक्षिका हूँ। मेरे शिक्षण के मुख्य विषय हिंदी और संस्कृत दोनों हैं, जो एक दूसरे के पूरक हैं। वैसे तो अध्यापक की जिम्मेदारी छात्रों के प्रति बहुत अधिक होती है। भाषा का शिक्षक होने पर यह और अधिक बढ़ जाती है, यदि छात्र भाषा जैसे विषय में कमजोर हो जाता है तो वह और विषयों में ज्ञान प्राप्त करने में असमर्थ हो जाता है।

वर्णों की श्रृंखला रट लेना भाषा ज्ञान नहीं होता अपितु वह व्याकरण के ज्ञान के अभाव में अधूरा होता है। अध्यापक की सफलता इसी बात पर टिकी होती है कि वह जो पढ़ाता है वह रोचक, ज्ञानप्रद और बोधगम्य हो। मैं प्रतिदिन प्रार्थना सभा में शिक्षाप्रद सुविचारों की प्रस्तुतियां और श्लोक का आरोह– अवरोह के साथ सस्वर वाचन कराती हूँ, जिससे कि छात्रों को कंठस्थ हो जाएं और वे उसके अर्थ को ग्रहण करके नैतिकता से ओतप्रोत हो अपने जीवन में उतारें।

मैं छात्र–छात्राओं को अभिनय के द्वारा बचन, लिंग, पुरुष व विभक्ति की जानकारी देती हूँ। बच्चों के समास 'लकार सीखने के उपरान्त संस्कृत शिक्षण की मुख्य विधि अनुवाद करना सिखाती हूँ। इस प्रकार मेरे छात्र– छात्रा आपस में संस्कृत में वार्तालाप करने लगते हैं। मेरे द्वारा सिखाया गया संस्कृत शब्दों का भंडार भी उनके ज्ञान में स्थायित्व प्रदान करता है।

बढ़ाया जो एक कदम सीखने सिखाने के लिए।
ज्ञान के चक्षु मेरे परतदर परत खुलने लगे"

बायोस्कोप के माध्यम से स्वर वर्ण की यात्रा

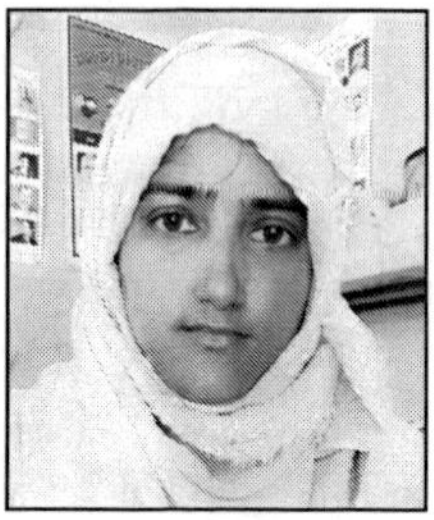

मैं कहकशाँ प्रवीण, बच्चों को सीखने व सिखाने के लिए, बच्चों के अनुकूल माहौल बनाए रखने कि कोशिश करती हूँ, ताकि बच्चे को हम और हमारा विद्यालय एक आंनददायी माहौल दे सकें। मैं और मेरे विद्यालय के कुछ बच्चों के द्वारा एक स्वर वर्ण बायोस्कोप तैयार किया गया, जो बिल्कुल ही शून्य निवेश पर आधारित है। यह एक रचनात्मक, संज्ञानात्मक, ज्ञानवर्धक, रोचक आदि नवाचार हैं। इस नवाचार के माध्यम से कक्षा -1 के बच्चे बहुत ही उत्साह एवं आनन्द के साथ बेझिझक नवाचार से जुड़े रहते हैं, यह नवाचार पूर्णत : बाल केंद्रित पर आधारित है। बच्चे खेल - खेल में बहुत कुछ सीख जाते हैं, उन्हें बोझिल, तनावपूर्ण भी नहीं लगता है। उन्हें पता भी नहीं, कि वह खेल - खेल में सीख रहे हैं। इस बायोस्कोप में चित्रों के माध्यम से स्वर वर्ण से पहचान कराई जाती हैं। जैसे -

अ- अनार

आ- आम

इ- इमली

ई- ईख

उ- उल्लू। .. आदि

जिसे बच्चे रूचि लेकर सीखते हैं, इस बायोस्कोप में एक रील बनाई गई है, जिसमें अ-अः तक लिखा हुआ है। अ से अनार कि चित्र बनाया गया है, जिसे देखकर कर बच्चें अ से अनार समझ सकें, अनार कैसा दिखता है एवं उसका रंग कैसा होता हैं यह भी जान सकें, इसी तरह -आ इ ई उ ऊ ए ऐ ओ औ अं अः आदि वर्णों को चित्रों के साथ बायोस्कोप में शामिल किया गया है। इस नवाचार से बच्चों में रचनात्मक, संज्ञानात्मक, एकाग्रता, चिंतन, कल्पना, सहयोग, सहभागिता, संघर्ष आदि का विकास होता है। बच्चों के भविष्य निर्माण में हम शिक्षक और अभिभावक का अत्यंत ही गहरा और नैसर्गिक संबंध हैं। हम शिक्षक और अभिभावक का ताल - मेल होना बहुत ही जरूरी है, क्योंकि बच्चों का चरित्र निर्माण एवं उन्हें एक अच्छा मानव बनाने का कार्य हम शिक्षक एवं अभिभावक के सहयोग के बिना नहीं कर सकते हैं। हम सबों का कर्तव्य है उन्हें किताबी शिक्षा के साथ - साथ नैतिक शिक्षा भी देना अति आवश्यक है, जिससे बच्चे चरित्र वान एवं योग्य नागरिक बनाने में सहयोग प्रदान करें।

खेल खेल में वर्णों को पहचान कर पढ़ना

मैं मो० समी अख़्तर सहायक शिक्षक राजकीय उत्क्रमित मध्य विद्यालय खैरी उर्दू प्रखण्ड बंजरिया ज़िला पूर्वी चम्पारण बिहार ! मैं एक नवाचारी शिक्षक के नाम से अपने ज़िले तथा राज्य में प्रचलित हूं..! मैं प्रत्येक दिन विद्यालय में संचालित चेतना सत्र में सम्मिलित होकर चेतना सत्र में अपनी उपस्थिति दर्ज कराता हूं! यह मेरी दिन चर्या में है! मैं प्रत्येक दिन चेतना सत्र में सामान्य ज्ञान से संबंधित कुछ प्रश्न व उत्तर बच्चों को बताता हूं और अगले दिन उसी प्रश्न को दोहराते हुए संबंधित प्रश्न व उत्तर बच्चों से दोहराने के लिए कहता हूं जिसमें बच्चे काफी रुचि लेते हैं ! वर्ग कक्ष में मेरे द्वारा कविता गतिविधि के माध्यम से बच्चों के बीच वर्णों की पहचान तथा समझ विकसित कराया जाता है जिस से बच्चे खेल खेल में वर्णों को पहचान कर पढ़ना और लिखना सीख जाते हैं!!

मैं TLM के माध्यम से Letter मशीन TLM के द्वारा Enghlish Alphabet के 26 letters को वर्ग कक्ष में याद कराता हूं जिस से बच्चे खेल खेल में English alphabets के 26 letters (Capital Letters) और (Small Letters) को letter मशीन की सहायता से पहचानना तथा पढ़ना लिखना सीख जाते हैं!जब बच्चे Letters से भली भांति परिचित हो जाते हैं तो उनको Word मशीन TLM के माध्यम से Picture को दिखाते हुए उक्त Picture में दिखाए गए वस्तु, जानवर, अथवा स्थान से संबंधित word बनवाता हूं! जैसे अगर दिखाए गए Picture में किसी जानवर जैसे बिल्ली की Picture हो तो एक बच्चा को बुलाकर Letter box से letters निकलवाकर Word बनवाता हूं जैसे CAT यह क्रिया प्रत्येक बच्चे से मेरे द्वारा करवाया जाता है! मैं वर्ग कक्ष में कविता गतिविधि के माध्यम से साल के बारह महिनों को खेल खेल में याद कराता हूं अगले बच्चे स्वम उक्त कविता को गतिविधि के माध्यम से वर्ग कक्ष में सुनाते हैं ! गणित में मेरे द्वारा FLN kit के माध्यम से बच्चों को अंकों की पहचान कराते हुए अंकों का विस्तारित रूप सिखाया जाता है!

मेरे द्वारा TLM चर्खा मशीन के माध्यम से बच्चों को सप्ताह के दिनों को याद कराया जाता है!और TLM चर्खा मशीन के द्वारा ही बच्चों को Opposite words से परिचित कराता हू!सप्ताह के अंतिम दिन बच्चों के बीच खेल गतिविधि कराता हूं जैसे गेंद लुढ़काओ बोतल गिराओ और इनाम पाओ! इसी प्रकार झपट मारो इनाम पाओ! नृत्य कला, चित्र कला के माध्यम से बच्चों

का मनोरंजन कराया जाता है! तथा बच्चों के बीच छीपी प्रतिभा को निखारते हुए उन्हें समय समय पर प्रोत्साहित भी करता हूं! विद्यालय स्तर पर गरीब बच्चों के बीच स्टेशनरी की वस्तुएं वितरित करके उन्हें प्रोत्साहित करता हूं! विद्यालय में पौधे लगाना तथा उन्हें पानी देना यही मेरी दिन चर्या में शामिल है जिसे करने में मुझे बहुत आनंद मिलता है!

वर्ण से शब्द बनाना

मैं रेखा शर्मा, प्राथमिक शिक्षक कोसदना विख गंधवानी जिला धार मध्यप्रदेश से हूँ। विद्यालय में प्रार्थना सभा में राष्ट्रीय गीत, राष्ट्रीय गान, सरस्वती वन्दना और पांच बार गायत्री मंत्र यह नियमित रूप से होता है। फिर एक गतिविधि स्वच्छता के लिए करवाती हूं कक्षा 1 से 5 तक। कागज के टुकड़े ज़मीन पर पड़े हैं कितना गंदा लगता है इन टुकड़ों को डस्ट बिन मे डालो कितना अच्छा लगता है। बिखरी बिखरी चप्पल इधर-उधर पढ़ी है कितना गंदा लगता है।

इन चप्पलो को लाईन से जमा दो कितना अच्छा लगता है अहा कितना अच्छा लगता है। छात्र/छात्राओं को शिक्षा से रुचिपूर्ण तरीके से जोड़ने के लिए नवाचार कर खेल- खेल में रचनात्मक व सृजन कार्यो के माध्यम से शिक्षण से जोड़ा जा रहा है। हाव भाव के साथ गति विधियां करवाना। मुझे बच्चों के साथ गति विधियां करना, खेलना अच्छा लगता है कुछ बच्चे तो छोटे-छोटे होते हैं गोदी मे बिठा कर भी सिखाती हूं। कुछ छोटे-छोटे बच्चे मेरा पल्लू पकड़ कर चलते है बहुत आंनद आता है मुझे त्यौहारों पर मुझे बच्चों को कृष्णा, राम, सुभाष चन्द्र बोस, गांधी जी बनाने में मेरी रुचि है।

यहाँ आदिवासी बच्चों को मिट्टी की आकृतियाँ व लोकसंस्कृति, आदिवासी दिवस, भगौरिया, एफ एन एल मेला, संजा बनाकर उन्हें रुचिपूर्ण व आनन्ददायी वातावरण उपलब्ध कराया जाता है। लेकिन अब हम बच्चों को टॉप में लाने के लिए प्रयासरत है।

बच्चों को नियमित रूप से स्कूल आने के लिए हमारे द्वारा प्रयास व परिणाम - आदिवासी बाहुल्य क्षेत्र होने के कारण बच्चे घर व खेत के काम मे लग जाते है तब हमारे द्वारा पालक व छात्र सम्पर्क कर शासन की योजनाओं को गिनवाया जाता है व पढ़ाई के बगैर बच्चे अपना भविष्य सुरक्षित कैसे रख पाएंगे यह प्रश्न जब पालको के सामने रखा जाता है तब वह बच्चों को स्कूल भेजने के लिए तैयार होते है ।बच्चों को आवश्यकतानुसार स्कूल से छोड़ने की बात भी रखी जाती है तब बच्चे नियमित रूप से स्कूल आ पाते है।

बच्चो की उपस्थित 95, प्रतिशत बच्चे उपस्थित रहते हैं और प्रतिदिन नवाचार करती रहती हूँ। मेरा प्रयास रहता है कि बच्चो को किसी तरह से समझ मे आना चाहिए

बच्चो को खुशी- खुशी सीखने के लिए किए गए प्रयास- बच्चों को शैक्षणिक गतिविधियों के

माध्यम से सीखने के अवसर प्रदान किए जाते है।

बच्चो की रुचिनुसार समय-समय पर खेल गतिविधियाँ, रंगोली, मेंहदी, चित्रकला, निबन्ध प्रतियोगिता के माध्यम से खुशी-खुशी सीखने के अवसर उपलब्ध करवाए जाते है। प्रतिदिन नवाचार करती हूं जिससे कि बच्चों को हर दिन नयापन लगे। और प्रतिदिन स्कूल आने लगे। बच्चे चित्र बनाकर भी सीखते है व बच्चों को प्रोत्साहन स्वरूप चाकलेट, या पेन देकर पुरस्कृत भी किया जाता है। मैं अपने बी आर सी टीम, स्टॉफ के प्रति कृतज्ञ हूँ जो मुझे अपने शैक्षणिक सफर में प्रोत्साहित कर आगे बढ़ने का मार्ग प्रशस्त कर रहे है।

अंत में गुरूवंदना के माध्यम से मैं अपने कार्यो को और अधिक मेहनत व लगन से सम्पन्न करुँगी व यही कहना चाहती हूँ कि स्वर्ग की तलाश मत करो, क्योकि स्वर्ग कक्षाओं में बच्चों के बीच है। ईमानदारी से कक्षा में पढ़ाकर तो देखो मुखमण्डल पर सूर्य सा तेज न चमक जाए तो कहना।

छात्राओं को निशुल्क कोचिंग

मैं रजिया सुल्ताना, वरिष्ठ अध्यापक, राजकीय उच्च माध्यमिक विद्यालय राजीव नगर जयपुर राजस्थान में कार्यरत हूं। मेरी नियुक्ति तृतीय श्रेणी उर्दू अध्यापक के रूप में 1 जुलाई 2002 को हुई थी। मैं अपनी नियुक्ति के प्रारंभ से ही छात्रों को एक्टिविटी के साथ लर्निंग करवाती रही हूं।

मैं प्रत्येक विषय को नाटक कहानी संगीत खेल के द्वारा पढ़ाती हूं। इसमें मैं स्वयं भी पात्र के रूप में छात्र-छात्राओं के साथ सहभागिता निभाती हूं। मेरा मूल उद्देश्य प्रत्येक छात्र तक बुनियादी शिक्षा पहुंचना है। मैं छात्रों के ग्रुप बनाकर पियर लर्निंग करवाती हूं जिससे कमजोर छात्र-छात्रा को भी दक्षताओं तक लाने में मदद हो सके। प्रश्न उत्तर विधि का प्रयोग करती हूं ताकि कक्षा कक्ष के हर छात्र छात्रा का ध्यान आकर्षण कर, क्योंकि कक्षा कक्ष में संवाद अति महत्वपूर्ण होता है। छात्रों को प्रोजेक्ट कार्य करवाती हूं ताकि उनकी दक्षताओं को उभारा जा सके। प्रत्येक छात्र मे पढ़ाई के प्रति रुचि जगाना मेरा प्रयास रहता है। मैं कक्षा कक्ष से बाहर भी छात्रों को सिखाने का प्रयास करती रहती हूं। प्रत्येक विषय से सहसंबंध बनाते हुए अध्यापन कार्य करने का प्रयास करती हूं, । जो छात्र-छात्रा आर्थिक रूप से परेशान है, पढ़ाई बीच में छोड़ देते हैं उन्हें एनआईओएस एवं स्टेट ओपन बोर्ड से पढ़ाई जारी रखने हेतु सहायता प्रदान करती हूं। खास तौर पर छात्राओं की शिक्षा में सदैव सहायता प्रदान करती हूं। शिक्षा प्रदान करने के लिए बहुत मेहनत करती हूं। स्कूल समय के पश्चात छात्राओं को निशुल्क कोचिंग देती हूं। जिसमें उनका शैक्षिक पिछड़ा। दूर किया जा सके। विद्यार्थियों की कैरियर काउंसलिंग प्रत्येक वर्ष करती हूं, ताकि उन्हें कैरियर चुनने में आसानी हो। छात्राओं को विशेष रूप से कमजोर वर्ग की छात्राओं को रोजगार हेतु सिलाई, ब्यूटीशियन आदि का प्रशिक्षण प्रदान करती हूं। विद्यार्थी के साथ मिलकर टी एल एम बनाती है। जो मेधावी छात्र होते हैं उन्हें पुरस्कार देती रहती हूं। विद्यालय में समय समय पर सफाई अभियान भी चलाया जाता है। कक्षा कक्ष एवं विद्यालय परिसर को साफ एवं सुसज्जित करने का प्रयास रहता है। इसके अतिरिक्त राष्ट्रव्यापी कार्यक्रम में भी समय-समय पर भाग लेती रहती हूं। छात्रों में देश प्रेम की भावना जागृत करने हेतु भी हमेशा प्रयास करती रहती हूं।

नवाचार

प्रिया रघुवंशी सहायक अध्यापिका, पीएम श्री कंपोजिट प्राथमिक विद्यालय चंदौली।

यदि नवाचार के विषय में कहने की बात आती है तो नवाचार वह होना चाहिए जो बच्चों को सहज और संतुलित महसूस करें इससे बच्चे रोचक ढंग से शिक्षा ग्रहण कर सके।कक्षा कक्ष में उपलब्ध संसाधनों तथा विद्यालय के परिवेशी संसाधनों को नवाचार के माध्यम से उपयोग करके उन्हें बेहतर शिक्षा दिया जा सकता है इसमें आईसीटी का प्रयोग, खेल गतिविधियों का प्रयोग, विद्यालय के प्रवेश के वातावरण में उपलब्ध संसाधनों का प्रयोग, आदि छोटे से छोटा और बड़े से बड़ा संसाधन नवाचार में उपयोगी सिद्ध होता है। आईसीटी के प्रयोग में विभिन्न प्रकार एप का प्रयोग अत्यंत सुविधाजनक होता है। बच्चों को रोचक ढंग से शिक्षा देने में, नवाचार का प्रयोग हमें पाठ्य पुस्तक को पढ़ने में भी प्रयोग करना चाहिए, जिससे बच्चे सरल ढंग से विषय वस्तु को आत्मसात कर सके। नवाचार के प्रयोग द्वारा बच्चे उबाऊ महसूस नहीं करते वह सहज महसूस करते है।पढ़ाई के प्रति उनके मन में एक नई तरह की रुचि जागृत होती है जो उनकी सृजनशीलता एवं रचनात्मक क्षमता को बढ़ाने में मदद करती है।

मैं अपनी कक्षा कक्ष में बच्चों को परिवेशीय संसाधनों जिसमें मुख्य रूप से कंकड़, पत्थर, पत्ते, फूल, का उपयोग करते हुए शिक्षा देने के साथ-साथ आईसीटी का प्रयोग अपनी कक्षा _ कक्ष में करती हूं। आईसीटी का प्रयोग बच्चों के लिए रोचक मनोरंजन तथा ज्ञानवर्धक होता है। जिसमें प्रोजेक्टर विधि से हम बच्चों को कविता कहानी तथा बच्चों की मात्रात्मक त्रुटियों का समाधान सरलता से कर सकते हैं। मेरे कक्षा कक्ष में आईसीटी का प्रयोग प्रमुख भूमिका निभाता है। इससे बच्चों की उपस्थिति भी बढ़ती है, और सभी बच्चे ध्यान एकाग्र करके शिक्षा ग्रहण करते हैं। इसी क्रम में शनिवार के दिन में बाल लघु फिल्म लगा देती हूं जिससे बच्चे खुश सीख सके और प्रेरणा ले सकें यह बच्चों की सृजनशीलता बढ़ाने का सर्वोत्तम साधन है। कहानी एक ऐसी विधा है जिससे बच्चों को अत्यधिक सृजनशील बनाया जा सकता है प्रतिदिन की कक्षाएं मेरी बाल लघु कहानी से प्रारंभ होती है जो कहानी बच्चों के लिए उपदेश परक होती है कई बार कहानियों को पढ़ाते पढ़ाते मैं आधे में छोड़ देती हूं और बच्चों द्वारा कहानी को पूरा करवाती हूं, आज वस्तु स्थिति यह है कि मेरी कक्षा के 60% बच्चे स्वयं से कहानी का निर्माण कर लेते हैं।

आत्मविश्वास बढ़ाना है नव कौशल सीखना है

मैं प्रदीप कुमार भट्टाचार्य प्राथमिक विद्यालय बैरगाछी कुमारीपुर मनिहारी जिला कटिहार बिहार में पिछले 17 वर्षों से सेवा देते हुए अपना अनुभव आप लोगों के साथ साझा करना चाहता हूं। छात्र-छात्राओं के पढ़ाई के साथ-साथ सर्वांगीण विकास हो सके और नव कौशल ज्ञान हो सके इसके लिए मैं अपने विद्यालय में अलग-अलग गतिविधियां कराता हूं। क्योंकि #हर बच्चा कुछ खास है। # इसलिए अलग-अलग गतिविधियों से हर एक बच्चा कुछ नए कौशल सीखते हैं। कुछ नवाचार का उदाहरण में दे रहा हूं जिसे मैं अपने विद्यालय में करवाता हूं।

1) **प्रार्थना एवं सुविचार :** हर दिन अलग-अलग बच्चों से प्रार्थना गीत गवाता हूं ताकि हर बच्चे में सुर, ताल, का ज्ञान हो सके बच्चों के चरित्र निर्माण के लिए छोटी-छोटी कहानी के रूप में बोला जाता है ताकि यह सुविचार उनके मन में जगह कर जाए।

2) **पाठ पढ़ना :** हिन्दी पढ़ाते समय बातचीत के माध्यम से पाठ से संबंधित बातें पूछता हूं जैसे मदर टेरेसा पढाते समय पहले सेवाधर्म, मानवता, नर्स आदि के बारे में जानकारी देना फिर बच्चों से रीडिंग पढ़ाते हुए बीच-बीच में रोक कर उनसे प्रश्न पूछना उत्तर लेना दूसरे बच्चे को आगे का पाठ पढ़ने के लिए कहना।

3) **टी टल टीएम का उपयोग :** जहां तक मुझे याद है पर्यावरण और हम वर्ग पांच के बच्चों को पढ़ते समय मैंने खेल वाले विषय पर एक चार्ट पेपर पर अलग-अलग खेल का चित्र बनाकर चिपकाए और कौन सा खेल में कितने खिलाड़ी खेलते हैं बच्चों से पूछ कर इस चित्र के बगल में लिखता गया।

4) **मिट्टी के बर्तन बनाना :** मेरे विद्यालय ग्रामीण परिवेश में है बच्चे और मैं घर का बर्तन मिट्टी से बनाए उसे सुखाकर उसमें रंग किया इसी क्रम में बच्चे अपने से कुछ मिट्टी के फल सब्जी बनाया आपको यह बात जानकर खुशी होगी एक बच्चा मिट्टी से पंछी का घोंसला बनाकर उसमें दो अंडे बनाकर रखा।

उद्देश्य : हस्तकला में रुचि बढ़ता है।

5) **संस्कृतिक गतिविधि :** नृत्य : लोक नृत्य पर संथाली नृत्य बच्चों द्वारा अभ्यास किया जाता है।

गाना : बच्चों द्वारा संथाली गीत गाया जाता है।

नाटक : पिछले दिनों मुझे याद है राष्ट्रीय डेंगू दिवस पर मैं बच्चों के साथ मिलकर डेंगू पर एक नुक्कड़ नाटक किया।

कविता पाठ : मैंने देखा कुछ बच्चों में हिचकीचाहट है शर्माते हैं मैं उन बच्चों से कविता पाठ करवाता हूं।

उद्देश्य : आत्मविश्वास बढ़ता है।

6) **क्विज और डिबेट** : तीन-चार समूह में बच्चों को बाटकर पांच-पांच प्रश्नों का क्विज करवाता हूं जो सही प्रश्नों का उत्तर देते हैं उन्हें पुरस्कार स्वरूप कलम उपहार देता हू। पिछले दिनों डिबेट करवाया साइकिल वर्सेस मोटरसाइकिल

उद्देश्य : जीके का ज्ञान होता है आत्मविश्वास बढ़ता है।

7) **स्लोगन लिखवाना** : भारत देश है महान, हमें इस पर है शान। हम बच्चे दिल के सच्चे। इस तरह के छोटे-छोटे स्लोगन बच्चों से करवाते हैं

उद्देश्य : समान लय वाले शब्दों के प्रयोग से सीखना।

8) **पेंटिंग, आर्ट एंड क्राफ्ट** : चित्रकला में कल्पना करके एक गांव का चित्र जिसमें पीछे पहाड़ घर, झरना, नदी, धान का खेत, पेड़ पौधे, सूरज, कुछ चिड़िया, खेतों में काम कर रहे हैं किसान बैलगाड़ी बनाना आदि। कार्टून को काटकर दो दो पोपेट बनाकर बच्चे अपने मन से कहानी बनकर पोपट सो करवाया।

उद्देश्य : सृजनात्मक और कल्पनात्मक शक्ति विकसित होता है।

9) **वृक्षारोपण एवं स्वच्छता** : बच्चों से वृक्षारोपण विद्यालय प्रांगण में करवाता हूं और साफ सफाई का महत्व समझता हूं अपने आसपास को साफ रखना, घर को साफ रखना, अपने को साफ रखना, हाथ धोना, शोच क्रिया के बाद हाथ धोना, पानी को ढक कर रखना, ताजा खाना खाना आदि चीजों को बताया जाता है।

10) **खेल खेल** : योग, फुटबॉल, क्रिकेट, कबड्डी और शतरंज खेल करवाते हैं कभी-कभी बालक वर्सिज बालिका कबड्डी प्रतियोगिता करवाते हैं।

इस तरह के नवाचारों का प्रयोग करके मैंने पाया कि बच्चे रटि रटाई पढ़ाई से ज्यादा इस तरह के सीखने सिखाने के कौशल में रुचि दिखाता है इससे हमारे बच्चों को आत्मविश्वास बढ़ रहा है और नव कौशल के बारे में सीख रहा है।

विद्यालय में मेरे द्वारा कराए गए बेस्ट नवाचार

मैं प्रेम सखी कुमारी (शिक्षिका), मध्य विद्यालय वागेश्वरी, हवेली खड़गपुर, मुंगेर जब मैंने वर्ष 2005 में विद्यालय में अपना योगदान लिया तो पाया कि उस पोषक क्षेत्र में बच्चों के अभिभावक पढ़ाई के प्रति थोड़ा भी जागरूक नहीं है। मैंने दृढ़ निश्चय के साथ उनसे संपर्क किया और बच्चों का नामांकन विद्यालय में करवाने हेतु उन्हें प्रेरित किया। धीरे-धीरे विद्यालय में बच्चों ने आना प्रारंभ किया और मैं उनके बेहतर भविष्य को देखते हुए उन्हें पढ़ाई रूपी आभूषण से अलंकृत करने में नए उत्साह से जुट गई। परंतु वर्ग - कक्ष में मेरे लाख प्रयास करने पर भी मैंने पाया कि बच्चे उस अधिगम तक नहीं पहुंच पा रहे हैं जिस मंजिल तक मैं अपने पठन-पाठन के माध्यम से बच्चों को पहुंचाना चाह रही थी। फिर मैंने उन्हें धीरे-धीरे गतिविधि आधारित क्रियाकलाप की ओर मोड़ना प्रारंभ किया तो मेरे आश्चर्य का ठिकाना ना रहा कि बच्चे दोगुना उत्साह से पठन कार्य में लग गए हैं, साथ ही गतिविधि के आधार पर सीखी गई बातें उन्हें बहुत दिनों तक याद रहती है। अब तो मैंने इसे अपना आदत ही बना लिया है कि हर पाठ को बच्चों के साथ गतिविधि से जोड़कर ही सिखाया जाए।

आज मैं बहुत खुश हूं कि मेरे बच्चे आज किसी भी पाठ को पढ़ते समय उसमें बिल्कुल खो जाते हैं और उस पाठ के नायक को खुद में महसूस करते हैं।

इस तरह से मैं बच्चों को याद करने की समस्या का निराकरण करने में बहुत हद तक समाधान ढूँढने में सफल हो पाई हूँ।

विद्यालय में बढ़िया माहौल बनाने का प्रयास

मैं उषा रानी, मौलिक मुख्याध्यापिका, राजकीय उच्च विद्यालय रसोई, सोनीपत हरियाणा विद्यालय में हर तरह से बहुत बढ़िया माहौल बनाने का प्रयास, शिक्षा में छात्रों के लिए भरसक प्रयास, कार्य को सुचारू रूप से चलाने का पूर्ण प्रयास, अभिभावको को सब कार्य में सहयोग ओर सहानुभूति रखने का प्रयास, किसी भी विषय खेलकूद अन्य गतिविधियां करवाने का प्रयास। हर वर्ष दान इत्यादि का कार्य सफलता पूर्वक करना, भंडारे व हर सामाजिक और धार्मिक कार्यों का आयोजन करना। गरीबों में अन्न धन वस्त्र इत्यादि दान करना। महिला उत्थान के लिए प्रयास करना। गौ सेवा में दान करना। पौधारोपण करना। शिक्षा के स्तर में जिला स्तर, राष्ट्रीय स्तर पर सम्मानित, प्रशासनिक व सामाजिक स्तर पर सम्मानित किया गया है।

जिला व राज्य स्तर पर छात्रों को क्रीड़ा के क्षेत्र में प्रोत्साहन। छात्रों की विशेष उपस्थिति पर गीता जयंती समारोह मेंअपने जिले के मंत्री द्वारा जिला अधिकारी द्वारा सम्मानित, महिला दिवस पर सम्मानित, वर्ष2018 में पीएम नरेंद्र मोदी जी से स्कूल की बालिकाओं के साथ मिलने का अवसर। 1956 में स्थापित होने के बाद पहली बार मेरे द्वारा विद्यालय में एक हाल, सात कमरे, बाउंड्री वॉल, शौचालय तथा पुताई आदि सुविधाएं उपलब्ध करवाई गई।

विद्यालय में छात्रों को पाककला में निपुण बनाने का प्रयास किया जाता है। अपने पुत्र के जन्मदिन पर प्रतिवर्ष पौधारोपण किया जाता है। 17 वर्ष से लगातार पौधारोपण हो रहा है। इस वर्ष एक माह के अंदर 70 पौधे लगाए गए। देखभाल भी की जाती है। मेरे कार्य को देखकर मुझे अनेकों सम्मान प्राप्त हुए हैं। राष्ट्रीय स्तर पर राष्ट्र गौरव शिक्षक सम्मान गुजरात से प्राप्त हुआ। विश्व शांति मानव सेवा सम्मान भारत रत्न डॉक्टर राधाकृष्णन अंतर्राष्ट्रीय अवार्ड प्राप्त हुआ। साउथ एशिया टीचर्स एक्सीलेंस अवॉर्ड 2022 में प्राप्त हुआ। राष्ट्रीय स्तर पर सावित्रीबाई फुले सम्मान प्राप्त हुआ। वूमेंस डे पर 2021 में सम्मान प्राप्त हुआ। एजुकेटर ऑफ़ द ईयर सम्मान प्राप्त हुआ। एस एस आई एफ ग्लोबल पीस अवॉर्ड प्राप्त हुआ।

शिक्षा में नवाचार

ईरा सिंह प्रधानाचार्या प्राथमिक विद्यालय फुटिया सदर चंदौली उत्तर प्रदेश।

शिक्षा में नवाचार की आवश्यकता बच्चों के सर्वांगीण विकास में मुख्य भूमिका अदा कर रहा है चाहे नवाचार का माध्यम ICT हो, TLM हो या खेल खेल में शिक्षा हो, छात्र प्रोफाइल हो, कलाशिल्प से सर्वांगीण विकास हो, सामुदायिक सहभागिता हो या भविष्य सृजन हो, अभिनव शिक्षण तकनीक हो, बालसंसद हो, दैनिक बाल अखबार, कांसेप्ट मैपिंग हो या चित्र कथा के माध्यम से शिक्षा हो। मैंने अपने निपुण विद्यालय में इन सभी नवाचार माध्यमो का नियमित प्रयोग किया और जो नवाचार बच्चों के अधिगम स्तर को ज्यादा बढ़ाने में सहायक हो उसी का ज्यादा से ज्यादा प्रयोग करके अपने शैक्षणिक उद्देश्यों की पूर्ति किया जा सकता है। शिक्षा के क्षेत्र में शामिल शिक्षण अधिगम प्रक्रिया को और अधिक प्रभावी बनाने हेतु नये-नये साधन एवं विधियों को शैक्षिक नवाचार कहते हैं। नवाचार के बहुत सारे रूप है जैसे तकनीकी नवाचार, उत्पाद और सेवा नवाचार रणनीति और संरचनात्मक नवाचार एवं सांस्कृतिक अभिनव आदि।

नवाचार का मतलब बदलाव करना या किसी चीज को नये तरीके से करना। नवाचार करने के लिए आपको अविष्कार करने की जरूरत नहीं है। नवाचार में रचनात्मकता और अनुकूलनशीलता शामिल है। शैक्षिक नवाचार में ज्ञान, अनुनय, निर्णय, कार्यान्वयन और पुष्टि शामिल है शुरुआत में व्यक्ति किसी नवाचार के बारे में आवश्यक ज्ञान प्राप्त करता है और फिर इस संबंध में एक राय बनाता है और यह चरण नवाचार की विशेषताओं से प्रभावित होता है। शिक्षा में नवाचार का अर्थ होता है न्याय संगत शिक्षा को बढ़ावा देने के लिए एक नये सरल तरीके से वास्तविक समस्या का समाधान करना। शिक्षा में नवीनतम नवाचार आभासी वास्तविकता, कृत्रिम बुद्धिमत्ता, मोबाइल लर्निंग, स्मार्ट बोर्ड, व्यक्तिगत लर्निंग और परियोजना आधारित लर्निंग, अनुभवात्मक लर्निंग और सहयोगात्मक लर्निंग कुछ नवीनतम रूझान और नवाचार है जो इस परिवर्तन को प्रेरित कर रहे हैं समान शिक्षा को बढ़ावा देने के लिए तथा वास्तविक समस्या को नये सरल तरीके से हल करना।

मेरे द्वारा बेसिक शिक्षा विभाग में नवाचार का प्रयोग करके निपुण मिशन के तहत बच्चों को सबसे पहले जिले में निपुण किया गया। बच्चों को बेहतर शैक्षणिक परिवेश के अनुसार उनके

स्वास्थ्य का ध्यान रखते हुए स्कूल का विकास किया गया है। जिसके लिए जिले स्तर पर मेरे विद्यालय को सरकार के कायाकल्प योजना के तहत जिले के बेस्ट स्कूल का खिताब मिला, इसके अलावा बच्चों में बेहतर सीखने की क्षमता के विकास के लिए नवाचार के लिए राष्ट्रीय स्तर का पुरस्कार मिला, बच्चों को आकर्षक TLM, Wall Painting, Craft, ITC के माध्यम से अपने शिक्षण को प्रभावी तरीके से प्रस्तुत करने के डायट स्तर पर, जिले स्तर पर, राज्य स्तर पर विभिन्न पुरस्कार से सम्मानित किया गया, मेरे द्वारा बच्चों को विभिन्न सरकारी योजनाओं के लाभ से लाभान्वित किया गया, जिसमें परियोजना के द्वारा बच्चों को आकर्षक क्लासरूम में शैक्षणिक गतिविधि कराने में विशेष रोल अदा किया गया। इसके अलावा बेसिक शिक्षा विभाग द्वारा मेरे निपुण विद्यालय को कई सुविधाएं प्रदान किए गए, जिसमें मेरे बच्चों के लिए झूला, स्लाइडर, शिशा, राउंड चेयर आदि भी शामिल है। नवाचार के नित नए नए प्रयोग से मेरा विद्यालय पूरी तरह से बच्चों के शैक्षणिक विकास में मुख्य भूमिका निभा रहा है।

हमारे प्रतिभाशाली छात्र

मैं संजय कुमार यादव मध्य विद्यालय साड़ोव (हवेली खड़गपुर, मुंगेर) में 18 वर्ष से अनवरत सेवा देते हुए काफी अनुभव को सिख रहा हूँ। छात्राओं के सर्वांगीण विकास व रोजगारपरक शिक्षा देने हेतु स्वरुचि से अनेक गतिविधियाँ को कराता हूँ। छात्रों को सिर्फ कोर्स पूरा कराना, रिजल्ट बनाना ही हमारा एक मात्र उद्देश्य नहीं होना चाहिए बल्कि जितना भी उन्होंने पढ़ा है, वह उनको अपने जीवन में आत्मसात होना चाहिए। साथ ही भविष्य में आने वाली समस्याओं/ चुनौतियां से रूबरू करना और समाधान के बारे में बताना भी हमारा ही कर्तव्य है। ज़ब मैं किसी पाठ को छात्रों से सस्वर वाचन कराता हूँ तो पहले पाठ के शीर्षक को ब्लैक बोर्ड पर लिखकर इसके अर्थ को समझाता हूँ, साथ ही उस पाठ को उनके जीवन से जोड़ने का पूरा प्रयास करता हूँ ताकि बच्चे पाठ के उद्देश्य को समझ सके। इस प्रकार पूरा चैप्टर के उद्देश्य बच्चों को समझ में आ जाता है।

चार्ट पेपर पर बने टी एल एम के द्वारा भी छात्रों को पूरा पाठ समझाया जाता है। Fin kit की मदद से महाद्वीप, महासागर, देश, राज्य, राजधानियां आदि सभी चार्ट पेपर पर बने हुए हैं, कक्षा में दिखाये जाते हैं। विद्यालय में प्रत्येक वर्ष 5 से 6 बार संस्कृति कार्यक्रम का आयोजन किया जाता है, इस पूरे कार्यक्रम की तैयारी मैं खुद रहकर, बच्चों से करवाता हूँ। मैं बच्चों को डांस, भाषण और नाटक खुद रहकर करवाता हूँ। इसबार एक छात्र ने जैसे मैं सभी कार्यक्रमों मैं अनाउंसमेंट करता हूं, ठीक उसी प्रकार उस छात्र ने मेरी नकल करने का प्रयास किया है। प्रखंड स्तर से लेकर राज्य स्तर तक खेल प्रतियोगिता में हमारे बच्चों ने बालीवाल खेल में विद्यालय का नाम रौशन किया है। तीन बच्चों का चयन राज्य के लिए होना हमलोगो के लिए गर्व की बात रही थी। मैं और हमारे शारीरिक शिक्षक(सत्येंद्र प्रसाद यादव) की मदद से 3बजे के बाद ग्राउंड में साथ खेलकर इनको प्रशिक्षित किया, तो वह सफल होता दिखा था। बताना चाहूंगा कि मैं खुद इंडोर क्रिकेट में बिहार की ओर से खेला हूँ, मुझे खेल से काफी लगाव रहा है। मैं स्वच्छता अभियान पर भी बच्चों को जागरूक कर रहा हूँ। प्रतिदिन चेतना सत्र में स्पीच दिलवाना, प्रार्थना सभा में सुविचार बोलने की तैयारी करवाना, उनके डर को बाहर करने हेतु नुक्कड़ नाटक आदि कर रहा हूँ।

हिंदी की पाठ्य पुस्तक की कविताओं को लय के साथ गायन करना, संगीत विषय में स्वरचित

प्रेरणा गीत, देशभक्ति गीत, होली गीत, तथा अन्य गीत भी छात्रों को गायन कराया जाता है, संगीत के माध्यम से गीत गायन आदि के द्वारा सभी छात्र बहुत अधिक आनंद का अनुभव करते हैं। इसके लिए मैंने प्रत्येक दिन आठवीं घंटे में प्रत्येक वर्ग के लिए अलग–अलग विषय जैसे चित्रकला, डांस, कविता पाठ, कहानी वचन और खेल को क्रमवार रखा है। इस प्रकार नवाचारों के द्वारा सभी छात्र आत्मविश्वास से परिपूर्ण और सर्वगुण संपन्न बनने हेतु अग्रसर हैं।

एक्टिविटी लर्निंग के माध्यम से अंग्रेजी और गणित

मैं गीता वर्मा सहायक अध्यापिका कंपोजिट विद्यालय चौबारा विकास क्षेत्र गजरौला जनपद अमरोहा उत्तर प्रदेश में कार्यरत हूं मेरी नियुक्ति 19 फरवरी 2009 को बलरामपुर जनपद में हुई थी जो की उत्तर प्रदेश के पिछड़े इलाकों में से एक था वहां के बच्चों का हिंदी भाषा का स्तर ठीक-ढाक था किंतु अंग्रेजी भाषा और गणित भाषा का स्तर बहुत ज्यादा खराब था मैंने उन्हें एक्टिविटी लर्निंग के माध्यम से अंग्रेजी भाषा से और गणित भाषा से जोड़ते हुए उनका शैक्षिक स्तर ठीक करने का पूर्ण प्रयास किया जिसमें मैं बहुत हद तक सफल भी हुई नियुक्ति के तृतीय वर्ष ही एक छात्र का चयन विद्याज्ञान में और एक छात्रा का नवोदय विद्यालय सीतापुर में हो गया मेरा स्थानांतरण वर्ष 2012 में बलरामपुर से अमरोहा जनपद के लिए हुआ जहां मेरी नियुक्ति सहायक अध्यापिका के रूप में प्राथमिक विद्यालय अहरौला तेजवन में हुई तब मेरे विद्यालय की संख्या मात्र 65 थी।

मैंने पूरी निष्ठा व लगन के साथ शैक्षणिक कार्यों के साथ-साथ टीएलएम निर्माण, सांस्कृतिक कार्यक्रम व खेलकूद प्रतियोगिता से बच्चों को जोड़ा वर्ष 2016 में जब मेरी पदोन्नति हुई तब मैं विद्यालय में छात्र संख्या 101 छोड़कर आई वर्ष 2016 में जब मैंने कंपोजिट विद्यालय चौबारा में विज्ञान अध्यापिका के रूप में कार्यभार संभाला तब वहां छात्र संख्या मात्र 101 थी मैं विज्ञान विषय की अध्यापिका थी मैंने वहां अपने प्रयास से एक फाउंडेशन की मदद से एक साइंस लैब की स्थापना करवाई और वहां पर बच्चों को प्रयोगशाला की मदद से करके सीखों वाली तर्ज पर विज्ञान से जोड़ा अब मेरे छात्र छात्रा विज्ञान में बहुत रुचि रखते हैं अब मेरे विद्यालय की छात्र संख्या उच्च प्राथमिक विद्यालय में 101 से बढ़कर 148 हो गई है।

मैंने वहां बालिका शिक्षा पर जोर देते हुए लड़कियों को अवश्य पढ़ाऔ का नारा दिया जिसके कारण मेरे विद्यालय में लड़कियों की संख्या लड़कों की संख्या से बहुत अधिक है अगर बात नवाचार की हो तो मैंने बच्चों को गतिविधियों के माध्यम से खेल के माध्यम से और चैट बॉक्स पर बहुत सारे प्रश्न पत्र तैयार करके क्विज करवा कर आईसीटी से जोड़ा बच्चों को लैपटॉप के द्वारा कंप्यूटर का बेसिक ज्ञान कराया समय-समय पर ज्वलंत मुद्दों पर चर्चा करने के लिए नुक्कड़ नाटक के माध्यम से अभिभावकों को जानकारी देती रहती हूं माह अक्टूबर में भी डिजिटल क्राइम के बारे में लोगों को जागरूक किया बच्चों को भी मोबाइल की लत लगने से होने वाले नुकसान के

बारे में जागरूक कर मोबाइल से दूर करने का प्रयास किया प्रत्येक पाठ में से छोटे-छोटे प्रश्न पत्र बनाकर उनके उत्तर कॉपी में करना सिखाया है जिससे उनका ज्ञान स्थाई ज्ञान हो वह रटने की विधि पर ध्यान ना दें कुछ समय से हमारे यहां गणित विषय की अध्यापिका सीसीएल पर जाने के कारण अनुपस्थिति रही जिनकी गैर हाजिरी में मैंने बच्चों को अबेकस का ज्ञान कराया अबेकस के माध्यम से फास्ट कैलकुलेशन करना सिखाया मेरे विद्यालय के 50% से ज्यादा छात्र-छात्राएं सेकंड में गणना कर लेते हैं यह मेरा गणित और विज्ञान में नवाचार है पिछले वर्ष मेरे विद्यालय के 5 बच्चे खेल में और तीन बच्चे विज्ञान प्रतियोगिता में ब्लॉक स्तर पर चयनित हुए साथ ही एक छात्रा ने जनपद स्तर पर स्पेल बी प्रतियोगिता में प्रथम स्थान प्राप्त किया।

नवाचारी शिक्षण

नवाचारी शिक्षण छात्रों को रचनात्मकता, अनुकूलनशीलता और लचीलापन जैसे कौशल विकसित करने के अवसर प्रदान करके गतिशील कार्यस्थल के लिए तैयार करने में मदद करती है। नवाचार का मतलब है बदलाव करना या किसी चीज़ को नए तरीके से करना। नवाचार करने के लिए आपको आविष्कार करने की ज़रूरत नहीं है। नवाचार में रचनात्मकता और अनुकूलनशीलता शामिल है। शिक्षण में नवाचार निश्चित परिभाषाओं वाला कोई विशिष्ट शब्द नहीं है। नवाचार शिक्षा की भावना समस्याओं को नए नज़रिए से देखने और उन्हें अलग-अलग, नए तरीकों से संबोधित करने की खुली सोच है। यह इस बात की मान्यता है कि हम नवीन शिक्षण रणनीतियों के साथ ज्ञान हस्तांतरण के तरीकों जैसे सुधार के लिए नए तरीकों के लिए खुले हैं। नवाचार शिक्षण के लिए हमें ध्यान देना चाहिए कि पाठ्यक्रम को गुणवत्तापूर्ण तरीके से पूरा कराने में सहायक हो, बच्चों के ज्ञान, सम्भावित क्षमता और प्रतिभा का विकास, शारीरिक एवं मानसिक योग्यताओं का पूर्णतम सीमा तक विकास हो, शिक्षण बालकेन्द्रित और बाल सुलभ तरीके से विभिन्न क्रिया कलापों, अन्वेषण, और खोज के माध्यम से सीख उत्पन्न करना है। इससे बच्चे के ज्ञान की समझ एवं व्यवहार का सतत् समग्र एवं व्यापक मूल्यांकन हो। उपरोक्त तथ्यों का ध्यान रखते हुए बच्चों को मेरे द्वारा भी नवाचार के साथ शिक्षण दी जा रही है। बच्चे जब लगातार अध्ययन कर रहे होते हैं तो उन्हें संबंधित विषय वस्तु से जुड़ा गतिविधि आयोजित कर मेरे द्वारा आर्टिफिशियल इंटेलिजेंस की सहायता से कला आधारित शिक्षण और अधिगम प्राप्ति के उद्देश्य से शिक्षण दिया जाता है।

जैसे दिशा का ज्ञान देने के लिए कई शिक्षण विधि को अपनाकर उन्हें गतिविधि के माध्यम से मेरे द्वारा शिक्षण दिया जाता है, जैसे गाना के माध्यम से, एक्टिविटी के माध्यम से, एक्शन के साथ शिक्षण से बच्चे आसानी से सीखते हैं। मेरे द्वारा अक्सर अधिकतर नवाचारी शिक्षण मॉक ड्रिल के माध्यम से दी जाती है, ताकि बच्चों का संबंधित विषय के प्रति समझ स्पष्ट और स्थाई हो, जैसे उदाहरणस्वरूप मॉक ड्रिल के माध्यम से यातायात के संबंध में दी गई जानकारी, दिशा ज्ञान, अंग्रेजी शब्दों का ज्ञान, अंकों का ज्ञान इत्यादि। इसी प्रकार हृदयाघात से बचाव हेतु कृत्रिम श्वसन की प्रक्रिया की जानकारी मॉक ड्रिल के माध्यम से देने से मुझे लगा बच्चा आसानी से उस प्रक्रिया को सीख पाए।

अनोखी हाजरी

में दीपक पंड्या शिक्षक, राजकीय प्राथमिक विद्यालय, भीलवटा जिला डूंगरपुर राजस्थान से हू इस विद्यालय में सत्र 2013 जो विद्यालय स्थापना वर्ष भी है जिसमे में अपनी सेवाए दे रहा हू। शिक्षा के क्षेत्र में सेवा का मुझे प्रथम अवसर 14 मई 1996 को प्राप्त हुआ, चुकी घर का वातावरण पूरा शिक्षा में ही है जो पारिवारिक प्रेरणा से इस सेवा में चयनीत हो सका। बालको के साथ शिक्षण कार्य करने में मुझे बहुत गर्व महसूस होता है नये नये नवाचारो के साथ बालको का सर्वंगीण विकास हो सके इस हेतु मेरे कार्यो एवं सेवाओ को विभिन्न राज्यों के संगठनो द्वारा परितोषिक भी किया गया है।

राजस्थान सरकार द्वारा उत्कृष्ट शैक्षिक कार्य के लिए " राज्य स्तरीय शिक्षक सम्मान 2022 से नवाजा गया " जिससे मेरी सेवाओ एवं नवाचारो को ऊर्जा मिल सकी।

नवाचारो की खान और अनूठे लर्निंग सेंटर की ख्याति प्राप्त मेरा विद्यालय प्राथमिक स्तर का है जिसमे आस पास 8–10 किमी. की दुरी से बालक यहाँ पढ़ने आते है।

वेसे तो मेरे द्वारा विद्यालय में बहुत से नवाचारो को कार्यरूप दिया गया है जिसमे से प्रमुख टोली नायक, वृक्ष मित्र, पेयर टीचर, खेल – खेल में गणित, आओ करके सीखे ऐसे अनेक नवाचारो से विद्यालय की अलग पहचान बन सकी है। आज इस आलेख में मै जिस नवाचार का उल्लेख करने जा रहा हू उसका नाम है " अनोखी हाजरी "

प्राय: देखा गया है की अधिकतर विद्यालयों में बालको की उपस्तिथि दर्ज करते समय बालको द्वारा "YES SIR / YES MADAM" से ही होती आ रही है मुझे अच्छे से याद है में भी जब विद्यार्थी था तो कुछ इसी तरह से मेरी उपस्तिथि भी दर्ज होती थी इस प्रकार उपस्थिती दर्ज करने के पीछे मूलत: यही साबित होता रहा है फला बालक उपस्थिती है अथवा नहीं इसके सिवाय और कोई मोटा उद्धेश्य प्रतीत नहीं होता दिखा।

एक दिन प्रार्थना सभा में सभी बालको की उपस्थिती दर्ज हो रही थी तो यकायक मेरे दिमाग में एक विचार ने जन्म लिया और 2–4 दिन सोचता रहा की ऐसा क्या किया जाए जिससे इस रटी रटाई पद्धति से निजात मिल सके और इसके स्थान पर कुछ ऐसा किया जाए जिससे बालको के पास अधिक से अधिक शब्द भण्डार हो और ज्ञान तथा कुछ विशेष जानकारी प्राप्त हो सके।

बस फिर क्या था इस पर मेरे मस्तिष्क में अनेको विचार आते गए और में वास्तविकता में इन

विचारो पर कैसे कार्य किया जाये इस पर तरह तरह के अनुसंधान करता रहा कभी किसी विचार को बनाता तो फिर उसे व्यवहारिकता से परे पाता फिर मिटाता और फिर बनाता यह दौर कुछ समय तक चला आखिर वह घड़ी आ ही गयी जीस नवाचार पर में स्थाई मनोभाव से कार्य करता गया। इस पर सबसे पहले मेने कक्षा प्रथम के बालको से प्रारंभ किया और इस पर सप्ताह भर तक कार्य करता रहा जिसमे उनकी उपस्थिती दर्ज करते समय उन्हे अपने शरीर के अंगो के नाम दिए गए, प्रारंभीक अवस्था में हिंदी से शुरुआत कर धीरे धीरे अंग्रेजी भाषा पर भी कार्य करता गया, इसमें कुछ दिन और सप्ताह तक प्रत्येक बालक को शरीर के अलग अलग अंगो के नाम दिए जाते है जिसमे अपना हाजरी क्रम आने पर वह बालक दिए गए अंग के नाम को हिंदी और अंग्रेजी में बोल कर अपनी उपस्थिती दर्ज कराता रहा, यह थीम कुछ समय बाद बदल कर उसे दूसरा नाम दे दिया जाता है। परिक्षण के तौर पर इस नवाचार को अपनाते हुए विद्यालय की अन्य कक्षाओं के बालको के साथ भी इस नवाचार को क्रियांवीत किया गया, जिसमे कक्षा 2–5 को सम्मिलित करते हुए अलग अलग कक्षाओं को अलग अलग थीम के साथ अपनी उपस्थिति दर्ज करानी होती है।

यह नवाचार कैसे क्रियांवीत होता है?

मैंने देखा की विद्यालय की सबसे छोटी कक्षा प्रथम के साथ यह प्रयोग सफल और सकारात्मक परिणाम लेकर आया तो अन्य कक्षाओं के साथ मेने इसे अलग अलग रूप में क्रियांवीत करता गया। जैसे कक्षा 2 के बालको को विभिन्न त्योहारों एवं पर्वो के नाम क्रम अनुसार दिए गए, तो कक्षा 3 के बालको को विभिन्न प्रकार के व्यवसायों के नाम से जोड़ा गया, तो कक्षा 4 के बालको को फल और सब्जियों के नाम दिए गए और कक्षा 5 के बालको को राज्यों के नाम दिए गए, इस प्रकार साप्ताहिक योजना बना कर एक पखवाड़े तक यह प्रयोग चलता और फिर अगले पखवाड़े में पूर्व में दिए गए नामो में बदलाव किया जाता जैसे महापुरुषों के नाम, स्वतंत्रता सेनानियो के नाम, जिलो के नाम, राज्यों के साथ राजधानियों के नाम, विभिन्न व्यवसायों के नाम, यातायात के साधन, पेड़ पोधे, पशु पक्षियों, जानवरों, त्योहारों, पर्वो, धार्मिक स्थलों, एतिहासिक स्थलों के विभिन्न नामो से जोड़कर इस नवाचार का असली जामा पहनाया गया जो बहुत ही आनंदित, प्रेरणास्त्रोत एवं ज्ञानवर्धक साबित होता गया जो अनवरत चलता रहा।

नवाचार के परिणाम :-

कोई भी नवाचार या कार्य अपने निश्चीत उद्धेश्यो की प्राप्ति हेतु किया जाता है ठीक उसी प्रकार " मेरी अनोखी हाजरी " भी एक प्रेरणास्त्रोत नवाचार रहा जिससे

बालको में ज्ञान भण्डार की अभिवृद्धि होती रही।

बालक जिज्ञासू, आनन्दित एवं उत्साहीत दिखे।

दूसरे विद्यालयों के लिए यह नवाचार एक नजीर बनता गया और जिले में ही नहीं दुसरे राज्यों के शिक्षको ने भी सोशल मीडिया द्वारा अपनाया जिससे मेरे नवाचारो को नए पंख मिलते रहे और मेरे नवाचारो की उड़ान बढती गयी।

मेरा यह नवाचार कही न कही बालको के लिए हमेशा "नया सिखने" में मददगार साबित होता रहा। मेरा मनना हैं की

"सफलता एक दिन में नहीं मिलती, मगर ठान ले तो एक दिन मिलती ज़रूर है"

मिशन बुलंदी

मैं दीपिका पंड्या शिक्षिका रा. प्रा. वि. भीलवटा जिला डूंगरपुर राजस्थान में कार्यरत हू और इस विद्यालय में अपनी सेवा सत्र 2013 विद्यालय स्थापना के साथ ही दे रही हूँ। मेरी प्रथम नियुक्ति 21 दिसम्बर 1994 से हे। हमेशा बालको के साथ कार्य करना मेरी रूचि रही है। हर कार्य को नयी विधाओ के साथ एक नवाचार के रूप में करना मेरी पसंद रही है और इससे बालको में भय रहित वातावरण बनाते हुए " करके सीखने " पर विशेष ध्यान रहता है।

वेसे तो शिक्षण के दोरान और विद्यालय में बहुत सारे नवाचार मेरे द्वारा किये गए है जिनमे मुख्यत: संस्कारो का प्रत्यारोपण, स्वतन्त्र लेखन, बचत बैंक, आर्ट एंड क्राफ्ट, कबाड़ से जुगाड़, वृक्ष मित्र आदि अनेक नवाचार किये है जो पहले भी नवाचारी शिक्षको की पुस्तक " प्रयास एक पहल "में प्रकाशित हुए है। आज मैं इस संस्करण में मुख्य जिन नवाचारो का उल्लेख करने जा रही हूँ जिसका नाम है "मिशन बुलंदी" जैसा की इस नवाचार के नाम में ही इसका उद्धेश्य निहित है। यहाँ बालको को विभिन्न क्रिया कलापों के माध्यम से उनका होसला एवं आत्मविश्वास प्रत्येक मंच पर बढ़ाना होता है और छात्रों को इसे अवसर प्रदान किये जाए, इसे मंचो पर लाकर खड़ा किया जाए जिससे उनमे भयरहित वातावरण एवं निर्भीकता के गुण विकसित हो सके और आगे जाकर बालक अपने जीवन में आत्मसात कर सके।

भूमिका :- "मिशन बुलंदी" नवाचार का विचार मेरे मस्तिष्क में बालको की हिचकता एवं घबराहट को देख कर आया। मेरा विद्यालय प्राथमिक स्तर का है जिसमे बालको के साथ शिक्षण कार्य किया जाना एक चुनोती रहती है पर मेरा मानना है कि "जहा चुनोतिया है वही एक शिक्षक का कार्य प्रारंभ हो जाता है" और मेने भी बालको की इन चुनोतियो को स्वीकारते हुए अपने नवाचार को कार्यरूप प्रदान किया। सर्वप्रथम स्थानीय भाषा में उनके साथ संवाद करने के साथ साथ खेल-खेल में शिक्षण गतिविधिया प्रारंभ की।प्रारंभिक अवस्था में बालको में थोडा शर्मीलापन, थोडा डर, हिचकना, रूचि के साथ भाग न ले पाना बना रहा परन्तु अनवरत उनके साथ मित्रवत व्यवहार रखते हुए उनके दिलो तक पहुचने में मै सफल हो सकी और बालक भी अपने मन की बातो को खुल कर मेरे साथ सजा करने लगे। अब यही से मेरा नवाचार "मिशन बुलंदी" प्रारंभ होता गया।

कैसे और कब :- " मिशन बुलंदी " के लिए मेने सबसे सही मंच विद्यालय की प्रार्थना सभा का चयन किया। जिसमे बालको के साथ संस्कारो एवं प्रेरणादाई विचारो तथा प्रेरक प्रसंग, कुछ कहानिया, गीत, कविताओं को मेरे स्वयं द्वारा किया गया जो लगभग महीने भर तक अनवरत चलता रहा। अब समय आ गया था कि बालको को भी प्रार्थना सभा मे अपने विचारो की अभिव्यक्ति हेतु आगे लाना और उन्हें स्वतन्त्र रूप से वह जैसे भी अपने विचार अभिव्यक्त करे स्वीकार्य है। उनमे शने-शने सुधार करती गयी फिर क्या था उस समय तक तो कुछ सिमित बालको ने ही रूचि ली और प्रार्थना सभा में अपनी भाषा में अपने विचार अभिव्यक्त करते रहे। फिर यहाँ प्रतिस्पर्धा का विकास हुआ। अब प्रत्येक कक्षा के बालक बढ़ चढ़ कर भाग लेते रहे और अभिव्यक्ति का सुन्दर सा वातावरण बनता गया जो अनवरत अब आदतन हो गया।

पुस्तकालय का उपयोग और मिशन बुलंदी :- अभिव्यक्ति की रूचि को देखते हुए मेने अपने विद्यालय की पुस्तकों का उपयोग बालक हीत में प्रारंभ किया जिसमे कक्षा स्तर के अनुसार कक्षा प्रथम एवं द्वितीय के स्तर की पुस्तके दीवार पर तार से अलग लटका दी जो बालको की पहुच तक रहे जिसमे ऐसी पुस्तकों को लिया गया जिनमे चित्रांकन ज्यदा हो वह देखे उन चित्रों को और फिर अपनी भाषा में अभिव्यक्त कर सके। दूसरी दिवार पर मेने कक्षा 3-5 के बालको के स्तर की पुस्तके रखी जिन्हें वह अपने रूचि के अनुसार पुस्तक का चयन कर उसे पुस्तकालय प्रभारी से अवदान रजिस्टर में इन्द्राज के बाद अपने घर लेजा कर कई बार पढ़े, पढ़ कर घर ले सदस्यों के समक्ष अभिव्यक्त करे। जिस कहानी को पढ़ा गया है उसे दुसरे दिन विद्यालय की प्रार्थना सभा में अपनी भाषा में वह सुना सके जिसमे कुछ शब्दों एवं पात्रो का निर्माण वह खुद अपनी और से कर सके।

नवाचार के परिणाम :- मेरे इस नवाचार से बालको में अभिव्यक्ति के दोरान होने वाले भय से मुक्ति मिली, बालको में आत्मविश्वास बढ़ा और स्वयं आगे आकर अपने विचारो को अपनी भाषा में व्यक्त करने लगे। स्वतन्त्र वाचन में बढ़ोतरी हुई साथ ही पढने की आदत विकसित होती गयी। अपनी रूचि की पुस्तकों का चयन कर घर पर भी कहानी, कविताओं को अभिव्यक्त करने से प्रोत्साहन और प्रशंसा मिलती रही साथ ही मेरी एवं विद्यालय की प्रशंसा होने लगी।

प्रेम प्रेरणा और प्रोत्साहन से अब विद्यालय के सभी बालक " मिशन बुलंदी " का हिस्सा बन गए और इस नवाचार के सकारात्मक परिणाम समुदाय में परिलक्षित होते गए तथा अन्य विद्यालयों में भी मेरे इस नवाचार को अपनाया और बालको में अच्छी आदत विकसित होती गयी जो मेरे लिए पुरस्कार के रूप में है।

कविताओं के माध्यम से पाठ्यक्रम को आसान बनाना

मैं प्रीति शर्मा शिक्षिका संविलियन विद्यालय शहबाजपुर गुर्जर, धनौरा, अमरोहा, उत्तर प्रदेश विद्यालय में 14 वर्ष की सेवा के दौरान अनुभव का भंडार इकट्ठा हो चुका है। क्योंकि मैं खुद एक कवयित्री हूँ इसलिए छात्राओं को सभी प्रकार की गतिविधियों को कविताओं में रूपांतरण कर उन्हें प्रेरणा देते हुए पाठ्यक्रम को सहज और सरल बनती हूँ। छात्रों के सर्वांगीण विकास के लिए वह पाठ्यक्रम से संबंधित तथ्यों को मजबूत करने के लिए स्व रुचि से अनेक गतिविधियाँ करती हैं। हमारा उद्देश्य केवल नंबरों से बच्चों का आकलन करना ही नहीं बल्कि उनके सर्वांगीण विकास करना है।

कठिन से कठिन टॉपिक को कविताओं में रूपांतरित कर उन्हें मीठी तान में आसान बनाती हूँ। जिससे उनका याद करने में मन लगता है और स्मरण शक्ति बढ़ती है। साथ ही साथ बच्चों के माध्यम से टी0एल0एम0 तैयार कराती हूँ जिससे सुंदर और रोचक तथ्य लंबे समय तक याद रहते हैं। हर दिन की प्रार्थनाएं अलग-अलग होती हैं उन्हें सुंदर तरीके से लिखना और याद करना सभी प्रकार के मंत्र जैसे भोजन मंत्र, प्रभात मंत्र, गायत्री मंत्र आदि मन्त्रों का उच्चारण व गीतों के माध्यम से याद करती हूँ जिससे भारी संस्कृत शब्द भी आसानी से याद हो जाती है।

छात्र-छात्राओं के द्वारा भी स्व रचनाएं बनाई जाती हैं तथा अपने विचारों को दूसरों के समक्ष बहुत ही सहज तरीके से रखा जाता है। हर महीने उन्हें एक मंच प्रदान किया जाता है जिससे वह अपनी भावनाओं और साहसी कार्यों को कविताओं के माध्यम से निडर होकर प्रस्तुत कर सकें। और समय-समय पर चित्र लेखन द्वारा व स्वनिर्मित नारो में उत्कृष्ट प्रदर्शन द्वारा बच्चों को प्रमाण पत्र दिलवाना। गणित को भी कविताओं के माध्यम से सरल रूप देकर विषय को रुचिकर बनाना। मिशन शक्ति के अंतर्गत नुक्कड़ नाटक आदि को भी कविताओं द्वारा प्रदर्शित करना। पर्यावरण संरक्षण, स्वच्छता, शिक्षा, दहेज, रूढ़िवादिता, जल संरक्षण आदि गहन मुद्दों पर कविताओं के माध्यम से रुचिकर और ज्ञानवर्धक व संपूर्ण जानकारी बच्चों तक पहुंचाना। वह लिखने के लिए प्रेरणा पाती है। साथ ही साथ उनमें नवविचार समाहित हो जाते हैं। देश को देखने का नजरिया बदल जाता है। आसपास की कर्मियों को दूर करने के लिए प्रेरणा स्रोत बन जाती हैं। मंडल स्तरीय सांस्कृतिक कार्यक्रमों में भी स्वनिर्मित संगीत के माध्यम से प्रथम स्थान प्राप्त करते हैं। इस प्रकार नवाचारों के द्वारा छात्राएं विश्वास से परिपूर्ण, सर्वगुण संपन्न हेतु सदैव तत्पर रहती हैं।

पुस्तक मित्र लाइब्रेरी:चलो पढ़े एक किताब

संक्षिप्त परिचय: एक शांत कमरा, ढ़ेर सारी कहानी, कविताओं की किताबें, बहुत से बच्चे, सभी शांत किताबों में मग्न – जी हाँ! यह बात हो रही है किताबों से भरे उस कमरे की, उस कोने की जिसे " पुस्तक मित्र लाइब्रेरी कहते हैं।

प्राथमिक विद्यालयों में पुस्तकालय की बहुत महत्वपूर्ण भूमिका होती है। यह किसी विद्यालय का हृदय होता है जहां बच्चों की बौद्धिक अभिवृद्धि का विकास होता है। पुस्तकालय बच्चों के मानवीय ज्ञान तथा अनुभव को बढ़ाने का बेहतरीन माध्यम है। पुस्तकालय नए नए नवाचारों, गतिविधियों का केंद्र होता है। यह एक प्रयोगशाला की भांति बच्चों की बुद्धि के विकास में सतत उपयोगी होते हैं। पुस्तकालय छोटे बच्चों के लिए उपयोगी होती है। बच्चे बेहिचक पुस्तकालय में आकर अपनी रुचि के अनुसार अपनी पसंद की पुस्तकें पढ़कर अपने ज्ञान में वृद्धि करतें हैं। पुस्तकालय की रंग बिरंगी पुस्तकें बच्चों में अध्ययन के प्रति रुचि बढ़ाने में सहायक होती है। स्वाध्याय की प्रवृत्ति जागृत करने में पुस्तकालय बड़ी भूमिका निभाते हैं। पुस्तकालय बच्चों के लिए मनोरंजन व समय के सदुपयोग करना सिखाती है।

कक्षा/ विद्यालय में संप्रयोग: यह नवाचार सभी विद्यालयों के विद्यार्थियों हेतु उपयुक्त है। आवश्यक सामग्री: शून्य निवेश कबाड़ से जुगाड का प्रयोग करते हुए अनुपयोगी खाली बॉक्स, पुरानी रैक, सुतली धागा, और विभिन्न रंगीन चार्ट का प्रयोग।

योजना :पुस्तक मित्र लाइब्रेरी में शिक्षक द्वारा प्रिंट रिच सामग्रियों के साथ साथ ज्ञानवर्धक पुस्तकें, कविता, कहानियों की पुस्तकें, रोचक जानकारी वाली पुस्तकें, महान पुरुषों की जीवनी, विज्ञान संबंधित किताबें, पजल्स, गणित के खेल, अंग्रेजी भाषा संबंधित किताबें, अखबार आदि का संग्रह कर उन्हें उचित प्रकार से डिस्प्ले किया है। पुस्तक मित्र लाइब्रेरी में किताबों को रंगों के आधार पर वर्गीकृत किया जाता है। विभिन्न रंगों की पट्टियां लगाकर उन्हें विषय अनुसार लगाया/ या रखा गया है। चार्ट पेपर लेकर उसमे प्रत्येक रंग की पट्टी लगाई गई है और उसके आगे विषय का नाम लिखा गया है, जैसे लाल रंग कहानी के लिए/हरा रंग कविता के लिए/पीला रंग विज्ञान की किताबों के लिए/नीला रंग महापुरुषों की जीवनी के लिए/ काला रंग अन्य किताबों के लिए आदि।

क्रियान्वयन : पुस्तक मित्र लाइब्रेरी : चलों पढ़े एक किताब नवाचार में शिक्षक सभी कक्षाओं के बच्चों को बुलाकर उन्हें पुस्तकालय संबंधित दिशा निर्देश देते हुए हैं। पुस्तकालय के सही उपयोग के साथ पुस्तकालय में अनुशासन किस तरह बनाए रखना है आदि के बारे में विस्तृत जानकारी प्रदान करते हुए बच्चों को अपनी रुचि की पुस्तकों को किस तरह अच्छे से सेल्फ से या डोरी से उतार कर पढ़ना है बताता जाता है। शिक्षक प्रत्येक विद्यार्थी को एक किताब अपने रुचि अनुसार रोज पढ़ने को कहता है साथ ही जिस किताब को विद्यार्थी द्वारा पढ़ा गया है उसमें कविता या कहानियों के पात्रों, कहानियों के सार, लेखक, कवि का नाम, कहानी कविता के शीर्षक आदि को अगले दिन प्रार्थना सभा के उपरांत प्रतिदिन पांच विद्यार्थी उनके द्वारा पढ़ी किताबों के बारे में अन्य सभी को बताएंगे कि कहानी या कविता में क्या क्या घटित हुआ, कौन सा पात्र उन्हें अच्छा लगा और क्यों अच्छा लगा? साथ ही अगर कहानी में वो खुद होते तो क्या करते आदि सबके समक्ष साझा करेंगे।

नवाचार का लाभ : इस नवाचार के द्वारा बच्चों में अपने को अभिव्यक्त करने का अवसर मिलता है, समूह संबोधन कहानी, कविता को संक्षिप्त प्रस्तुत करना बच्चे सीख जाते हैं। पुस्तक मित्र लाइब्रेरी नवाचार से बच्चों को निम्न लाभ प्राप्त होगा–

बच्चों के शब्द भंडार में वृद्धि

मात्राओं की पहचान

आत्म विश्वास में वृद्धि

समय के सदुपयोग करने की आदत का विकास

मौन वाचन की आदत का विकास

आपसी सहयोग की भावना को बल मिलता है आदि।

संजय असवाल (स.अ)
देहरादून उत्तराखंड

वर्ण की समझ एक प्रयास

मैं राखी ठाकुर, राजकीय प्राथमिक विद्यालय बेंगहा में विद्यालय अध्यापक के पद पर 23 नवंबर 2023 से कार्यरत हूं। इससे पूर्व में मध्य विद्यालय सोनबरसा टोल पुपरी में नियोजित शिक्षिका के रूप में कार्य कर रही थी। उसी वक्त जब मैं वर्ग एक में बच्चों को वर्ण की जानकारी दे रही थी तो मुझे एहसास हुआ कि यह बच्चे अपने घरों से खेलते– खेलते विद्यालय आ गए हैं, इसलिए मुझे विद्यालय में कुछ ऐसा वातावरण तैयार करना चाहिए जिससे बच्चों को विद्यालय अपरिचित ना लगे। साथ ही वे पढ़ाई को बोझ ना समझे, इसलिए मैंने सर्वप्रथम उनसे उनके घर की भाषा में बात करना शुरू कर दी और वर्णों को सीखने का एक नया तरीका अपनाया।

मैं वर्ग– कक्षा में कुछ चित्र और मिट्टी के बने फलों और सब्जियों को लेकर गई। बच्चें यह सब देखकर बहुत खुश हो गए। उन में से मैने एक अनार उठाकर बच्चों से पूछा यह क्या है?बच्चों ने सम्मिलित स्वर में कहा:–"अनार" फिर मैंने कहा –"आओ, हम धीरे-धीरे बोले अनार। " जैसे–अ.......ना..... र......।"

बच्चों ने भी दोहराया–"अ.......ना..... र....। मैं अनार की बड़ी सी तस्वीर वर्ग– कक्षा में लगाए और श्याम–पट्ट पर लिखा अनार उसके बाद मैं श्यामपट्ट पर बड़ा सा 'अ'लिखा और बच्चों को बताया यह अनार का 'अ'है। उसके बाद बच्चों को छोटे–छोटे समूह में बांटकर उन्हें गत्ते पर काट कर बनाए गए वर्ण दिया तथा उसमें अ वर्ण को ढूंढने कहा। सभी समूह 'अ' वर्ण को खोजने में व्यस्त हो गए कुछ ने स्वयं खोज लिया तथा कुछ साथियों की मदद से खोज रहे थे। समवय समूह में सीखने का यह सुंदर दृश्य था। बच्चों को वर्ण सिखाते हुए मुझे लगा कि यदि माता-पिता या अभिभावक इसमें साथ दें तो बच्चे और अच्छी तरह सीख सकते हैं। इसलिए मैंने प्रत्येक बच्चों के घर कॉल करके उनके माता-पिता तथा अभिभावक से संपर्क किया तथा उन्हें बच्चों को दिए गए वर्णों से तीन–तीन शब्द मौखिक सीखने को कहा। कुछ माता–पिता ने इस कार्य में रुचि दिखाई। अगले दिन जब बच्चे आए तो अ वर्ण से आरंभ होने वाले कई शब्द उनके पास थे। जैसे–अमरूद, अचार, अमिया आदि। इस प्रकार मैंने देखा कि बच्चें 'अ' पहचानने लगे हैं। अब मैं बच्चों से कहा "चलो, हम 'अ'का चित्र बनाते हैं। सभी बच्चे खुश होकर अपनी कॉपी पर अ लिखने लगे।

इस प्रकार मैंने वर्ग में बच्चों को सभी वर्णों की समझाया। फिर मैं 'क' से 'ड'तक की पांचो वर्ण की तख्ती बच्चों को लगा दी उसके बाद श्यामपट्ट पर क ख ग घ ड लिख दिया और बच्चों से कहा कि वह स्वयं को इसी क्रम में खड़ा करें।

जब मैं बच्चों को दो या दो से ज्यादा वर्णों वाले शब्द सीख रहे थे तो मैं सभी वर्ण की तख्ती बच्चों के गले में डाल दी उसके बाद श्यामपट्ट पर कमल के चित्र लगाए तब उनके नीचे लिखा कमल, क+ म+ल= कमल। अब मैं बच्चों से पूछा कमल के साथी कौन-कौन है? 'क' तख्ती वाला बच्चा उठकर बोला–" मैं " फिर 'म'तख्ती वाले बच्चों को भी दूसरे बच्चों ने ढूंढ कर निकाल लिया। उसके बाद 'ल'तख्ती वाला बच्चा भी सामने आकर खड़ा हो गया। मैंने तीनों बच्चों का हाथ पकड़कर पूछा क, म, ल मिलकर क्या बना?सभी बच्चों ने एक साथ कहा–"कमल"। फिर मैंने पूछा क, म, और ल से हम और शब्द बन सकते हैं?फिर तो बच्चों का उत्साह देखने लायक था। वह तीनों बच्चों की जगह को बदलकर शब्द बनाने लगे। कुछ सार्थक और कुछ निरर्थक शब्द भी। जैसे– कमल, मकल, लकम आदि। वह इसे खेल समझाकर शब्द बनते और ऊंची आवाज में पढ़ते थे। इस तरह से मैं बच्चों को खेल-खेल में ही बहुत आसानी से वर्ण को पहचानना पढ़ना और लिखना सिखा दिया। साथ ही साथ उनमें संख्या का बोध भी होने लगा। इस कार्य में अभिभावकों का सहयोग मेरे आशा के अनुरूप ही था। कुछ अभिभावकों की रुचि भी इनमें बढ़ने लगी। वे, बच्चों को सिखाने में सहयोग करने लगे। बच्चों को भी अपने माता-पिता के साथ गुणवत्तापूर्ण समय बिताने का अवसर मिला। जिससे सीखने का अच्छा वातावरण उन्हें घर और विद्यालय दोनों जगह मिलने लगा जो गुणवत्तापूर्ण शिक्षा के लिए आवश्यक शर्त है।

पानी रे पानी तेरा रंग कैसा

मैं सत्य प्रकाश नारायण बलदेव अयोध्या आती प्रवेशिका प्लस टू विद्यालय बारा चाकिया, ईस्ट चंपारण, बिहार के सरकारी विद्यालय में अपनी सेवा पिछले 11 वर्षों से लगातार देते आ रहा हूं जिसका शैक्षणिक अनुभव छात्रों के बीच में उनके सर्वांगीण विकास के लिए सफल हो सके, इसके लिए मैं हमेशा तत्पर रहता हूं क्योंकि आज किसी भी राष्ट्र की शक्ति सबल हो रही है या भविष्य में होगी तो वह उसके शिक्षा में ही निहित है और शिक्षा का स्तर केवल पढ़ने लिखने और ज्ञान अर्जित करना ही नहीं अपितु शिक्षा से प्राप्त किए गए ज्ञान को अपने दैनिक जीवन में उपयोग करके अपने को स्वावलंबी बनाना और एक सबल समाज का सबल भागीदार बना करके सबल भारत के अग्रणी देश में अपनी गिनती सुनिश्चित करना एक कर्तव्यनिष्ट छात्र, शिक्षक, अभिभावक इन सभी लोगों का कर्तव्य बनता है इसलिए छात्रों के लिए सभी प्रकार की मैं गतिविधियां एक शिक्षण कौशल के अनुरूप में सरल स्वरूप में करता हूं।

मैं अपना अध्यापन कौशल जब भी कक्षा कक्ष में कर रहा होता हूं तो उसमें छात्रों को विषय के अध्यापन के उद्देश्य से क्या है एक प्रस्तावना के तौर पर पहले मैं उन्हें परिचित करा देता हूं ताकि उनकी जिज्ञासा और अभिरुचि उसे विषयगत पाठ सामग्री के प्रति जाग सके साथ ही साथ छात्रों के बीच में एक प्रजातांत्रिक माहौल बना करके उनके मन को उनके व्यवहार को आकलन करके और उनके विषयगत ज्ञान को सूक्ष्म स्तर से लेकर वृहत स्तर तक मैं बताने का प्रयास करता रहता हूं मैं गणित शिक्षक के रूप में अपने विद्यालय में पदस्थापित हूं।

गणित को तो यूं ही कहा जा सकता है कि उसकी सीमा सीमित नहीं की जा सकती है ---

पानी रे पानी तेरा रंग कैसा।
जिसमे मिला दो उसी के जैसा।।

इस तरह का चरितार्थ होता है कि गणित मैथमेटिक्स किसी भी विषय के साथ में वह अपना स्वरूप ढाल लेता है और उसी स्वरूप के साथ छात्रों को अपना ज्ञान उपलब्ध कराता है साथ ही साथ छात्रों के बीच में विषयगत जानकारी को लेकर के गणित के हर पहलुओं को चाहे आपका त्रिभुज का क्षेत्रफल हो समचतुर्भुज का क्षेत्रफल हो समांतर चतुर्भुज का क्षेत्रफल हो वर्ग का क्षेत्रफल आयत का क्षेत्रफल हो सर्वांग समता का स्वरूप हो चाहे वह त्रिभुजाकार या क्षेत्रमिति से

रिलेटेड किसी भी क्षेत्रफल के फार्मूला से हो और छात्रों से वह अभिव्यक्ति के आजादी में सभी को स्वतंत्र रूप से देता हूं।

साथ ही साथ में टी एल एम के स्वरूप में चार्ट पेपर पर गणितीय फार्मूला का संकलन करके छात्रों को एक एकत्रित फार्मूला संग्रह करवाता हूं और उनके द्वारा फिर पूरे ग्रुप वाइज बांट करके फार्मूला यानी सूत्र अवधि प्रश्न को निर्माण करके और सूत्र प्रश्नोत्तरी अवधि में एक दूसरे से डिबेट करवाता हूं जिनका आकलन उपरांत नंबर ज्यादा आता है उन्हें में पुरस्कृत भी करता हूं ताकि छात्रों में प्रतिस्पर्धा का गुण का विकास हो सके।

गिजुभाई बधेका का जो स्वरूप है वह अति उत्तम है शिक्षा बिना भोज के जब हम किसी छात्रों पर शिक्षा का स्वरूप का बोझ डालेंगे तो उनके अंदर अभिरुचि जिज्ञासा यह धीरे-धीरे कम होते जाती है लेकिन जो ही मैं उन्हें स्वतंत्रता के रूप में जब देता हूं और उनके आकलन का स्वरूप जब निकल कर आता है तो हर छात्रों के बीच में प्रति स्पर्धा दिखता है और यह चीज हमारे छात्र के सर्वांगीण गुणों का विकास करने में बहुत ही सहायक सिद्ध होता है।

नवाचार के माध्यम से शिक्षण देना

मैं चन्दन कुमार, प्राथमिक विद्यालय छोटी योगीवीर, प्रखंड –जगदीशपुर, जिला –भागलपुर से हूँ। मेरा विद्यालय एक ऐसे ग्रामीण परिवेश में है जहां के बच्चों के अभिभावक धनोपार्जन के लिए अन्य प्रदेशों में जाकर वहां पर दैनिक कार्य करते हैं। जिसके परिणामस्वरुप छोटे–छोटे बच्चे भी उन अभिभावकों के साथ चले जाते थे। ज़ब वे वापस विद्यालय आते थे तो उनको पढ़ाई गयी सारी बातें भूल जाते थे। उनके साथ पुन प्रयास करना पड़ता था जो कि अत्यंत जटिल प्रक्रिया हो जाती थी। पाठ्यक्रम को पूर्ण करने में अधिक समय लगता था, अन्य बच्चों के साथ समन्वय बैठाना भी कठिन हो जाता था। इसके लिए पहला प्रयास तो यह किया कि अभिभावकों को शिक्षा के महत्ता के प्रति जागरूक किया कि शिक्षा उनके बच्चों के लिए कितनी आवश्यक है और यह शिक्षा ही उनके भविष्य को किस प्रकार तय करती है।

इसके बाद मैंने विद्यालय में शिक्षण शैली एवं तकनीक में परिवर्तन लाना शुरू किया। इसके लिए मैंने विभिन्न विषय के पाठों के लिए गतिविधियों का आयोजन प्रारम्भ किया। इन गतिविधियों में ऐसी चीजों का इस्तेमाल करता जो विद्यालय एवं उनके घर के आसपास आसानी से उपलब्ध हो। इससे बच्चों में इन गतिविधियों को करने में रूचि का विकास एवं उससे सम्बंधित छोटी से छोटी बातों को वे तथ्यपरक ढंग से समझ के साथ हल करने लगे। शून्य निवेश नवाचार का प्रभाव ये था की बच्चे कबाड़ से जुगाड़ करने में माहिर होने लगे। बच्चों की भागीदारी धीरे–धीरे कक्षाओं में बढ़ने लगी। कबाड़ से जुगाड़, कर के सीखना आदि तरीकों को अपना कर बच्चों को विद्यालय में रोकने में सफल रहा। सांस्कृतिक स्त्रोत एवं प्रशिक्षण केंद्र, नई दिल्ली से कठपुतली के माध्यम से शिक्षण में प्रशिक्षण प्राप्त कर मैंने बच्चों के साथ पपेट का उपयोग करना प्रारम्भ किया जिसमें बच्चे अपनी तय भूमिका को निभाने के लिए तत्पर हुए एवं इसका भी परिणाम बहुत अच्छा प्राप्त हुआ। बच्चों के बोलने के कौशल में अभिवृद्धि हुई, उनमें आत्मविश्वास का विकास हुआ। बच्चे भी अपने अभिभावक के साथ बाहर जाने से मना करने लगे एवं अभिभावकों को भी यह समझ में आया कि शिक्षा उनके बच्चों के लिए एक महत्वपूर्ण कड़ी है जो उनके भविष्य को तय करने में आवश्यक है। सबसे महत्वपूर्ण यह तथ्य है की आपको बच्चों के मन को पढ़ना आना चाहिए, फिर जो परिणाम प्राप्त होंगे वो आश्चर्यचकित करने वाले होंगे।

विद्यालय का, विद्यालय के लिए, विद्यालय द्वारा

मैं पायल शर्मा 2019 में 5 वर्ष पूर्व जनजाति बहुल डूँगरपुर शहर से 5 किमी की दूरी पर रा.उ.मा.वि. माथुगामडा पाल में प्रधानाचार्य के पद पर नियुक्त हुई।

विद्यालय में लगभग 500 का नामांकन होने के साथ स्टॉफ की कमी, शहर से निकट होने से किशोरवय बालकों के मध्यान्तर बाद ठहराव न रहना एवं अनुशासन की कमी तो चुनौतियॉ थी ही, चतुर्थ श्रेणी कार्मिक न होने से स्वच्छ परिसर रखना भी चुनौती थी। विद्यालय की बागडोर सम्हालने के बाद अव्यवस्थाओं को लेकर मन समस्याग्रस्त था एवं बार-बार समाधान ढूढ रहा था, ऐसे में एक विचार एक नवाचार मन में आया-क्यूँ ना यह विद्यालय जिनका है। जिनके होने से है ऐसे विद्यार्थियों से सहयोग लेकर विद्यालय व्यवस्था को सुव्यवस्थित करने एक प्रयास की नींव रखी जिसे नाम दिया -विद्यालय का, विद्यालय के लिए, विद्यालय के द्वारा।

नवचार क्रियान्विति :- यह नवाचार कक्षा 1 से 12 तक सभी में क्रियान्वित किया जा सकता है। इसमें प्रत्येक कक्षा 10 मॉनीटर या लीडर अलग-अलग कार्यो के लिए बनाकर दायित्व निर्धारण किया गया।

1. शिक्षक मित्र :-कक्षा का सार्वाधिक अंक प्राप्तकर्ता छात्र जो विषयध्यापक के अवकाश पर रहने अथवा विभागीय सूचना इत्यादि कार्यों में संलग्न रहने पर छात्रों को किसी भी विषय पर पढाकर शिक्षा व्यवस्था सुचारू रखें। यह पीयर टीचर भी हो सकता है।

2. अनुशासन का सिपाही :-यह छात्र कालांशो के अन्तराल में मध्यान्तर में कक्षा अनुशासन को व्यवस्थित करता है।

3. ऊर्जा रक्षक :-विद्यालय समय पश्चात् घंटी बजते ही छात्र बस्ते उठाकर घर के लिए दौड पडते है एवं कक्षा-कक्ष की लाईट पंखे चालू रहते है, यह ऊर्जा का अपव्यय है, इसे रोकने ऊर्जा रक्षक समय-समय पर लाईट पखे नल बंद करके दायित्व निर्वहन करते है।

4. स्वच्छता मित्र :- कक्षा-कक्ष में डस्टबिन का प्रयोग, गन्दगी न करना जैसी आदतों को मित्र ही मित्र को समझाकर विकसित करता है।

5. पर्यावरण मित्र :- प्रत्येक कक्षा के छात्रों को विद्यालय के कुछ पेडों के संरक्षण एवं संवर्धन का दायित्व दिया गया है, पर्यावरण मित्र द्वारा विद्यालय में गमलों एवं पौधें की देखभाल एवं सिंचन

का कार्य छात्रो के सहयोग से किया जाता है।

6. अर्द्ध अवकाश के पहरेदार :- विद्यालय के कुछ छात्रों की मध्यान्तर में विद्यालय से बाहर घूमने एवं पलायन की आदत पर नियन्त्रण हेतु अर्द्ध अवकाश के प्रत्येक कक्षा से दो पहरेदार नियुक्त किये जाते है, जो ऐसे छात्रों को समझाने एवं कक्षाध्यापक की सहायता से रोकने का कार्य करते है।

7. उपस्थिति सखा :-कई बार छात्र कालांश अन्तराल अथवा मध्यान्तर के बाद विद्यालय से पलायन करते है ऐसे में उपस्थिति सखा प्रत्येक कालांश में उपस्थिति लेकर यह सुनिश्चित करता है कि किसी छात्र ने पलायन नहीं किया यदि किया है तो तत्काल कक्षाध्यापक को सूचित करता है।

8. स्वस्थ सखा :- स्वच्छता के साथ स्वस्थ रहना भी आवश्यक है इस हेतु स्वस्थ सखा प्रतिदिन प्रार्थना के ठीक बाद 5 मिनट के समय में अपनी कक्षा के छात्रों के नाखुन, दॉत, बाल इत्यादि परीक्षण करके तत्सम्बन्धी सूचना शा.शिक्षक को देता है।

9. प्रार्थना के प्रहरी :- प्रार्थना सभा के प्रांगण में विद्यालय के सभी छात्र एकत्रित होते है, ऐसे में कोई छात्र कक्षा-कक्ष में अथवा विद्यालय परिसर के बाहर न रहे, पूर्ण अनुशासन के साथ प्रार्थना सत्र का लाभ उठावे, तदर्थ कार्य सम्पादित करता है।

इस प्रकार अर्द्ध अवकाश के दो पहरेदार शेष सभी में एक कक्षा मित्र को प्रधानाचार्य द्वारा मीटींग लेकर कार्य-विभाजन एवं दायित्व समझाए जाते है, जो सम्बधित कक्षाध्यापक की देख-रेख में पूर्णता एवं सफलता को प्राप्त होते है।

नवाचार के परिणाम :-विद्यालय शिक्षा का केन्द्र है, किन्तु शिक्षण के साथ प्रार्थना सत्र से अंतिम कालांश की घंटी बजने तक प्रार्थन, डक्ड, सामुदायिक सहभागिता, सुरक्षित वातावरण, हरित विद्यालय, सुचना सम्प्रेषण स्वच्छता नियमन जैसे अनेकों कार्य भी करने होते है ऐसे में "विद्यालय का, विद्यालय के लिए, विद्यालय द्वारा" नवाचार के म्नोकित परिणाम परिलाक्षित होते है-

-छात्रों को जिम्मेदारी देने से दायित्व बोध होता है।

-कार्य विभाजित हो कर निर्भार हो जाता है।

-स्वयं कार्य करने की भावना का विकास होता है।

-विद्यालय से अपनत्व बढता है तथा छात्रों में आपसी सामन्जस्य एवं सद्भाव बढता है।

-छात्र अनुशासित एवं सुव्यवस्थित होते है। पुनश्च, यह नवाचार लोकतान्त्रिक भावना का

विकास करता है, मेरे विद्याालय का अधिकांश चुनौतियॉ इस प्रयोग से समाधान तक पहूँची है, शनै :-शनै : बालको की आदतें बदली है एवं विद्यालय की तस्वीर भी-

अंत में-
कर्मवीर के आगे पथ पर
हर पत्थर साधक बनता है।
दीवारें भी दिशा बताती
मानव जब आगे बढता है।

नवाचार का वर्णन

मैं वंदना कुमारी, नवसृजित प्राथमिक विद्यालय बरमदिया इजमाल, चकिया, पूर्वी चंपारण अपने विद्यालय में बच्चों को पढ़ाने के लिए नयी नयी नवाचार गतिविधि अपनाती हू। सर्वप्रथम दिन की शुरुआत साफ़ सफाई और प्रार्थना से शुरू होती है, बच्चों को साफ़ सुथरा रहने के लिए प्रेरित करती हू और मैं खुद भी अपने वर्ग की सफाई करती हू बच्चों को गंदगी से होने वाले बीमारियो के बारे मे बताती हू। प्रार्थना में मैं हर दिन प्रेरक प्रसंग सुनाती हू। बच्चे हर दिन चेतना सत्र में कविता, कहानी सुनाते है और जो बच्चे अच्छे ड्रेस और साफ़ सुथरा आते है उन्हें मैं चेतना सत्र में पुरस्कृत करती हू जिससे बच्चे उत्साहित होकर विद्यालय आते है और इस प्रयोग से सारे बच्चे ड्रेस में हर दिन विद्यालय आते है। वर्ग में मैं बच्चों को गतिविधि के माध्यम से कविता का पाठ कराती हू जिससे बच्चे को कविता आसानी से याद हो जाती है। खेल खेल के माध्यम से गणित पढाती हू। नाटक के माध्यम से हिंदी के कई पाठ पढ़ाती हू, बच्चे गतिविधि के माध्यम से बहुत कुछ और आसानी से अपने पाठ को समझते है। मैं अपने शिक्षण में चित्र का भी प्रयोग करती हू अक्सर श्यामपट पर चित्र बनाकर बच्चों को पढ़ाती हू। मैं अपने नवाचार शिक्षण का वीडियो the bihar teacher history makers #tbt facebook ग्रुप, fln and ecce bihar facebook ग्रुप पर डालती हू। मैं शिक्षक दर्पण facebook ग्रुप से भी जुड़ी हुई हूं। मैं अपने शैक्षणिक गतिविधि को यूट्यूब पर भी साझा करती हू। मुझे 11 नवंबर 2023 राष्ट्रीय शिक्षा दिवस के अवसर पर शिक्षा विभाग, पूर्वी चंपारण, जिला शिक्षा पदाधिकारी संजय कुमार सर जी द्वारा सम्मानित किया गया था जो मेरे लिए बहुत ही गर्व की बात है। और अभी 15 .09 .2024 को मननीय सभापति महोदय श्री अवधेश नारायण सिंह जी बिहार विधानपरिषद के द्वारा राज्यस्तरीय TBT अवार्ड से मुझे सम्मानित किया गया है। मेरे विद्यालय में बेहतर से बेहतर शैक्षणिक माहौल हो इसके लिए हमेशा तत्पर रहती हूँ, मैं अपने वर्ग में fln kit का प्रयोग हमेशा करती हू, कभी कभी बच्चे परियोजना कार्य भी करते है जैसे घास पत्तों, कूट का प्रयोग करके घर, घोसला इत्यादि बनाते है। बच्चे वर्ग में ऊबे नहीं इसलिए तरह तरह के खेल के माध्यम से बच्चे को पढ़ाती हू। विशेष दिनों पर संस्कृतिक कार्यक्रम का आयोजन करती हूं और इस तरह के नवाचार गतिविधि अपनाने के कारण मैं बच्चों की सबसे पसंदीदा मैडम हूं। मैं भगवान को शुक्रिया अदा करती हूं, जो मुझे शिक्षक बनाया।

नवाचार

मैं श्रीमती उम्मुलवरा बूँदी राजस्थान से थर्ड ग्रेड शिक्षिका। इस क्षेत्र में कार्य करते हुए मुझे 16 वर्ष हो गये है। शिक्षक ही राष्ट्र की संस्कृति के चतुर माली होते है, वे संस्कारो की जड़ो में खाद देते है इर अपने श्रम से सींचकर उन्हें शक्ति में परिवर्तित करते है, राष्ट्र का वास्तविक निर्माता शिक्षक ही होते है। समाज, राष्ट्र व बच्चों के लिए मन से कार्य करना ही मेरा मकसद है। में धन्यवाद देती हूं ईष्वर को इस महान कार्य के लिए हमे चुना है। मैं शुरू से है गाइड कैप्टन अद्यपिका मंच संयोजिका, मीना राजू मंच सुगमकर्ता, बालिका शिक्षा सशक्तिकरण DRG भी हूँ।बालिकाओं को विद्यालय से जोड़कर उन्हें पढ़ाई के साथ निर्भीक, निडर हर कार्य मे सक्षम बनाना है। में बच्चों को कबाड़ से जुगाड़ व बेकार सामग्री से सुंदर कलात्मक सामग्री बनवाकर उनको हस्तकलाओं में निपुण करना मेरा ध्येय है। में उन्हें घर से हर छोटी छोटी वस्तुएं शादी के कार्ड, अखबार, मोती चेन, लेस, चूड़ियां, आदि से सुन्दर सुंदर बुके, टीचर डे व सबके birthday पर सुंदर कार्ड बनाने चप्पलें फोटो फ्रेम बनाएं है।

अखबार से पर्स बेग तथा कार्ड से गुलाब के फूल बनाकर सुंदर फ्लावर टोकरी तैयार कर अपनी सर्जनकला दिखाई है। बेकार गत्ते की डिब्बे से मैजिक बॉक्स बनाकर बच्चो कोा आसानी से विलोंम शब्द, अपोजिट एकवचन बहुवचन सिखाकर ज्ञान को स्थायी किया है। वेस्ट चम्मच से सुंदर फ्लावर पॉट बनाकर ऑफिस को सुंदरता प्रदान की है। TLM व एबीएल कीट के माध्यम से बच्चों को वर्ण ज्ञान वाक्य बनाना सिखाया है। मुखोटे बनाकर बच्चों ने कहानी की प्रस्तुति दी है मीना की कहानियों पर बच्चो ने नाटक मंचन कर दहेज न लेने, लड़कियों को पढ़ाने, पानी बचाने, पेड़ लगाने का संदेश गाँव मे दिया है। बच्चे खेल खेल में सीखे नियमित विद्यालय आए अंत्योदय फाउंडेशन के सहयोग से विद्यार्थियों हेतु खिलौना बैंक स्थापित करवाया है। आंगनबाड़ी के बच्चों को भी खिलोने वितरित किए है।

गूगल मीट पर तथा विभिन्न संस्थाओं द्वारा आयोजित प्रतियोगिताओ में बच्चों को प्रतिभाग करवाकर प्रमाण पत्र दिलवाए है।बच्चों ने वर्किंग मॉडल EVm मशीन बनाकर ब्लॉक पर प्रथम व जिले पर दूसरा स्थान प्राप्त किया है। खाली बोतल तेल के पीपी डिब्बो से सुंदर कलात्मक परिण्डे तैयार कर स्कूल व गंगा में विभिन्न स्थानों पर लगाएं है। अब बच्चे ही पर्व, जयंती उत्सव

पर कलात्मक पत्रक तैयार कर महापुरुषों की जीवनी से प्रेरित होते है। बिना झिझक के बच्चे प्रार्थना, देशभक्ति गीत कविता, लोकगीत कहानी सुनाने में शक्षम हुए है।

मेने बच्चो के लिए बेकार कार्ड से स्वच्छता पसंद बच्चे, अनुशासन प्रिय बच्चे सुंदर लेखन,, आदि के स्टार से सम्मानित कर उनको ओर अच्छा करने को प्रेरित किया है वरक्षारोपन अभियान में मैने बच्चो से खाली डिब्बे मटकी पीपे टायर आदि को सजाकर घमले बनाकर उनमें सुंदर पौधे लगाए है। मैंने नशा मुक्ति परीक्षा आयोजित करवाकर बच्चों को नशामुक्ति हेतु प्रेरित किया, मेरे विद्यालय की छात्रा ने इसमें जिले पर प्रथम आकर सम्मान प्राप्त किया।

कितनो की तकदीर बदलनी है तुम्हें,
कितनो को रास्ते पर लाना है,
अपने हाथ की लकीरों को मत देखो,
इन लकीरों से आगे जाना है तुम्हे।

मेरे नवाचार का नाम मेरे स्कूल के प्रतिभाशाली बच्चे

मैं रजनी सक्सेना सहायक अध्यापक संविलियन विद्यालय बरामालदेव विकास क्षेत्र उझानी जिला बदायूं उत्तर प्रदेश में पिछले 9 वर्षों से कार्यरत हूं। विद्यालय के हर बच्चे के सर्वांगीण विकास के लिए कार्य करना मैं अपना परम कर्तव्य समझती हूं। मैं छात्र-छात्राओं को सभी तरह की गतिविधियां जैसे शैक्षणिक, सृजनात्मक, खेलकूद, योग, नवाचार आदि कराती हूं। मैं अपना कार्य क्षेत्र सिर्फ अपनी कक्षा तक ही सीमित नहीं रखती, बल्कि विद्यालय के हर बच्चे के सर्वांगीण विकास के लिए हर संभव प्रयास करती हूं। मेरी नियुक्ति विद्यालय में 9 नवंबर 2015 को सहायक अध्यापक के रूप में हुई तथा 6 अप्रैल 2018 से 18 अक्टूबर 2019 तक इंचार्ज प्रधान अध्यापक का प्रभार रहा। इंचार्ज प्रधान अध्यापक का प्रभार बहुत ही चुनौती पूर्ण था। विद्यालय का परिवेश बहुत ही दयनीय हालत में था। विद्यालय में विद्युत व्यवस्था नहीं थी। शिक्षण बोर्ड बहुत खराब थे, जिन पर शिक्षण कार्य बहुत मुश्किल था।

बच्चों का शैक्षणिक स्तर बहुत ही खराब था। अंग्रेजी भाषा का ज्ञान ना के बराबर था। शिक्षकों के अनुपात में विद्यालय में नामांकन बहुत ही कम था। इन चुनौतियों को दूर करना इतना आसान नहीं था। परंतु ग्राम प्रधान विद्यालय के शिक्षकों एवं स्वयं के प्रयास से मैंने इन चुनौतियों को दूर करने का एवं विद्यालय के परिवेश को सुधारने का कार्य शुरू किया। ग्राम प्रधान, कंपोजिट ग्रांट एवं स्वयं के सहयोग से पूरे विद्यालय का रंगरोगन, कक्ष की बाहरी दीवारों एवं बाउंड्री वॉल परआकर्षक पेंटिंग कराई गई। विद्यालय कक्षों को शिक्षण संबंधित टीएल एम से सुसज्जित किया गया। प्रत्येक कक्ष में विद्युत की व्यवस्था की गई जिसके अंतर्गत दो एलईडी लाइट एवं दो पंखे लगवाए गए। विद्यालय में दो पंखे विद्यालय के शिक्षकों एवं दो पंखे ग्राम प्रधान द्वारा लगवाए गए।

स्वयं के स्तर से हर कक्षा में बड़े व्हाइट बोर्ड लगवाए गए, जिससे शिक्षण कार्य सुचारू रूप से किया जा सके। डोर टू डोर सर्वे द्वारा छात्रों के नामांकन में वृद्धि की गई। विद्यालय में अंग्रेजी माध्यम की शिक्षा की शुरुआत की गई। स्वयं के स्तर से विद्यालय के हर बच्चे को सर्दियों में पहनने के लिए ऊनी कैप दी गई।

2018 में प्रथमबार विद्यालय से खेलकूद प्रतियोगिता एवं सांस्कृतिक प्रतियोगिता में बच्चों प्रतिभाग कराया गया और छात्र-छात्राओं का ब्लॉक स्तर के लिए चयन भी हुआ। राष्ट्रीय

आविष्कार योजना एवं ब्लॉक स्तरीयक्विज के लिए बच्चों को तैयारी कराना एवं बच्चों द्वारा उत्कृष्ट प्रदर्शन किया जाता है। बच्चों को टीएल एम आधारित शिक्षण गतिविधि कराना। बच्चों द्वारा एवं स्वयं के द्वारा बनाए गए टीएलएम का मिशन शिक्षण संवाद द्वारा संकलन किया गया है। प्रार्थना सभा में प्रतिदिन सामान्य ज्ञान प्रश्न पूछना एवं योगाभ्यास कराना। समय–समय पर विभिन्न प्रतियोगिताएं जैसे सुलेख, चित्रकला, बुक रीडिंग, पहाड़े सुनाओ, मेहंदी लगाओ, रंगोली बनाओ एवं दीप सजाओ आदि प्रतियोगिताओं का आयोजन कराना एवं विजेता बच्चों को पुरस्कार प्रदान करना।

100% उपस्थित वाले बच्चों को पुरुषकृत करना। बच्चों को टीएलएम बनाने एवं सृजनात्मक कार्य करने के लिए प्रोत्साहित करना एवं कक्षा 5 के बच्चों को हर प्रतियोगिता में प्रतिभाग कराना जैसे नवोदय, विद्याज्ञान, अटल आवास प्रवेश परीक्षा की तैयारी कराना। कक्षा 8 के बच्चो को ब्लॉक स्तरीय क्विज राष्ट्रीय आविष्कार योजना, एनएमएएमएस ई नवोदय की तैयारी कराना। विज्ञान की शिक्षिका ना होने के बावजूद स्कूल के बच्चो द्वारा विज्ञान के मॉडल्स बनवाना एवं इंस्पायर अवार्ड के लिए उनका नॉमिनेशन करना।

शिक्षा में नवाचार

मैं मधुप्रिया चौहान बदायूं जनपद के उझानी में उच्च प्राथमिक विद्यालय कुरऊ में शिक्षिका हूँ। प्रतिदिन अलग-अलग प्रार्थना करवाना, शारीरिक अभ्यास, सुविचार, शब्दावली।

व्यवस्थित सुसज्जित कक्षा कक्ष, शिक्षण में टीएल एम का प्रयोग और पूर्व ज्ञान से जोड़कर प्रभावी शिक्षण, नैतिक जानकारी, नित्य प्रति स्वतंत्रता सेनानियों की जानकारी उनकी पुण्यतिथि या जन्मदिवस के अनुसार प्रत्येक दिवस की विशेष बातें बच्चों के अंदर प्रतियोगिता के माध्यम से उनके अंदर स्पर्धा की भावना को जागृत करना एवम उन्हें पुरस्कृत करना।

स्वतंत्रता सेनानी वीर बंदक बालक एवम बालिकाओं को सम्मान दिलवाना, स्वयं के द्वारा द्वारा प्रशस्ति पत्र प्रदान कर उनका उत्साहवर्धन करना। बच्चों के अंदर देशभक्ति एवं नैतिकता की भावना को भरना। बच्चों को क्राफ्ट रंगोली सांस्कृतिक कार्यक्रम गायन नृत्य नाटिका आदि का प्रस्तुतीकरण करवाना उनका संपूर्ण मार्गदर्शन करना एवं सहयोग करना।

मीना मंच क्रियान्वयन एवं मीना मंच के सक्रिय बालक एवं बालिकाओं को ट्रॉफी मोमेंटो प्रदान कर उनका उत्साह वर्धन करना।

शिक्षा में नवाचार

इनका नाम शशि रानी सिंह है। इनका जन्म 7/3/64 को दुर्गापुर, पश्चिम बंगाल में हुआ था। ये श्री तिलक सिंह जी एवं श्रीमती उषा रानी सिंह जी की संतान हैं। ये उत्तर प्रदेश के निवासी हैं। इन्होंने बीएचयू विश्वविद्यालय से बीएससी और एमएससी की पढ़ाई की है। इसके बाद इन्होंने बी एड और स्पेशल बीटीसी भी करी है। ये 6 वर्षों से लिख रही हैं। इन्होंने अपनी पहली रचना का सृजन कोरोना काल में 'मां' के नाम पर किया था। ये अब तक 60 रचनाओं का सृजन कर चुकी हैं। इनके अनुसार लेखन एक रचनात्मक क्रिया है, अपने मन के भावों को दूसरों तक पहुँचाने का सशक्त माध्यम है। समाज को किसी भी विषय में जागरूक करने का भी सशक्त माध्यम है। पेशे से ये प्रधान अध्यापिका हैं।

ये प्राथमिक विद्यालय खुर्रम गौटिया, नगर क्षेत्र, बरेली, उत्तर प्रदेश में कार्यरत हैं। इन्हें शिक्षा के क्षेत्र में अनेकों सम्मान प्राप्त हो चुके हैं। इनका मानना है कि लिखने की कला एक अच्छी आदत है। इनकी मनपसंद लेखक मुंशी प्रेमचंद जी हैं उनकी मनपसंद पुस्तिका या कहानी ईदगाह, नमक का दरोगा है। ये हिंदी भाषा में रचनाओं का सृजन करती हैं। इनके द्वारा सृजन की हुई इनकी मनपसंद रचना 'नारी' है। ये अब तक 6 कवि सम्मेलनों में जुड़कर शोभा व गरिमा बढ़ा चुकी हैं। ये गीता श्री, उत्तर प्रदेश लेखिका मंच, हिंदी साहित्य सृजन, नव प्रज्ञा काव्य फाउंडेशन, काशी कविता मंच, राष्ट्रीय फलक फाउंडेशन, कवि वाणी कविता काव्य पाठआदि समूह से जुड़कर निरंतर साहित्य लेखन कर रही हैं। आप अपने विद्यालय में अपने छात्र-छात्राओं को अनेको प्रकार के नवाचारो के द्वारा अनेकों प्रकार से लाभान्वित कर रही हैं। विद्यालय में कोई भी प्रतियोगिता हो छात्र-छात्राएं उसमें आवश्यक प्रतिभाग करते हैं। हर विशेष अवसर पर तथा महान पुरुषों की जयंती आदि पर कार्यक्रम आयोजित किए जाते हैं। महान पुरुषों के जीवन पर प्रकाश डाला जाता है।

मेरे विद्यालय की आनंद यात्रा

शिक्षा वो दीप है जो अज्ञानता के अंधकार को मिटा कर जीवन में प्रकाश फैलाता है।

मैं राजेश बैरागी, प्राथमिक शिक्षक, शासकीय नवीन प्राथमिक विद्यालय बयड़ीपूरा, देवगढ़ विकासखंड मनावर, जिला धार से हूँ। हमारा विद्यालय जन शिक्षा केन्द्र से 5 किलोमीटर दूर प् एक छोटे से गांव देवगढ़ का मजरा बयड़ीपूरा में स्थित है, विघालय में हम दो शिक्षक पदस्थ है।

मेरा विद्यालय शिक्षा गारंटी योजना के तहत 1997 में प्रारंभ हुआ। जब 1997 में शाला का बिल्डिंग नहीं हुआ करता था, उस समय मैं निम के पेड़ के नीचे शाला का संचालन करता था। इस समय मजरे के 6 वर्ष के बच्चो को मैने घर घर जा कर पालक संपर्क किया, और पालकों को शाला भेजने के लिए प्रेरित किया। उस समय कुछ बड़े बच्चे थे जिनकी उम्र 14 वर्ष तक थी जो कि पशु चराने जाते थे मैने उनसे संपर्क कर बच्चों को शाला आने के लिए समझाया।

प्रथम बार मेरे पास स्कूल की घंटी भी नहीं थी तो मैं पेड़ के ऊपर चढ़ कर थाली लकड़ी से बजाकर बच्चों को इकट्ठा करता था। उस समय ना तो बिजली की व्यवस्था थी ना ही कोई अन्य प्रबंध थे। फिर भी मुझे उन जनजातीय क्षेत्र के बच्चो को शिक्षा देना बहुत अच्छा लगता था और साथ ही उन्हें मुझसे पढ़ने में भी बहुत आनंद आता था।

धीरे धीरे समय बदला और शासन ने शिक्षा गारंटी योजना के तहत एक कमरा बनाने की मंजूरी दी जिससे मुझमें, बच्चों से कंचे गिनवाना, छोटे छोटे पत्थर गिनवाना, दिशाओं का ज्ञान, सप्ताह के दिन व महीनों के नाम, पशु पक्षी के नाम जैसी सामान्य कई प्रकार की गतिविधि करवाता था।

उस समय मुझे शासन द्वारा पारिश्रमिक तौर पर 500 रुपए प्रति माह के दिए जाते थे, जो वैसे तो दैनिक काम के लिए काफी कम थे लेकिन शिक्षा के प्रति मेरा रुझान और बच्चों के प्रति प्रेम ने मुझे इस कार्य से जोड़े रखा।

आज वर्तमान में स्कूल में दो कमरे एक मध्यान भोजन कमरा बच्चों के लिए शौचालय, पानी की व्यवस्था (वाटर कुलर), बिजली, पंखा, लाइट और एल ई डी टीवी, बच्चों के बैठने व पड़ने के लिए डेस्क जैसी कई व्यवस्थाएं हो चुकी है।

वर्तमान में मेरी शाला में टी एल एम का निर्माण किया गया है। जिससे बच्चों को सीखने में काफी मदद मिलती है। खेल खेल में शिक्षा ग्रहण करने में बच्चों को आसानी ओर जुड़ाव भी महसूस होता है। मेरे टी एल एम का निर्माण लकड़ी से किया गया है। जो कि सालों साल टूटने, फटने से बचा रहता है।

और बच्चों को टी एल एम द्वारा खेल खेल में शिक्षा दी जाती है। जिससे बच्चों की उपस्थिति 95% तक बनी रहती है। बच्चे अध्ययन के साथ साथ सांस्कृतिक कार्यक्रमों में भी बढ़ चढ़ कर हिस्सा लेते है बच्चों के द्वारा कहानी, कविता, गीत आदि गाए जाते है।

मेरी शाला में प्रति वर्ष का परीक्षा परिणाम भी शत प्रतिशत रहता है। शाला में बच्चों का शैक्षणिक स्तर बहुत अच्छा है।

मैं धन्यवाद करता हूं, मेरे माता पिता जिन्होंने मुझे गरीबी होने के बाद भी मुझे शिक्षा दी और आज मुझे इस काबिल बनाया।

शिक्षक का प्रभाव कभी समाप्त नहीं होता, क्योंकि उसकी दी गई सीखें जीवनभर साथ रहती हैं। मुझे गर्व है कि मैं एक शिक्षक हूं।

अपने विद्यालय परिवार के लिए आपका संदेश

हमारे विद्यालय का उद्देश्य सिर्फ शिक्षा देना नहीं, बल्कि विद्यार्थियों को एक मजबूत आधार प्रदान करना है, जिस पर वे अपने उज्जवल भविष्य की नींव रख सकें। यहां की दीवारें सिर्फ ईंट और पत्थर से बनी नहीं हैं, बल्कि इनमें हमारे सामूहिक सपनों, विश्वास और परिश्रम की गूंज है।

हमारे शिक्षकों का समर्पण और विद्यार्थियों की जिज्ञासा ही हमारी सच्ची ताकत है। एक परिवार की तरह साथ खड़े रहकर हम सभी एक–दूसरे को प्रेरित करते हैं, ताकि हर विद्यार्थी अपने लक्ष्यों को प्राप्त कर सके। हम सभी शिक्षक साथी अपने कर्तव्य का पालन करेंगे और हमारा विद्यालय आनंददाई वातावरण में गुणवत्ता पूर्ण शिक्षा, अनुशासन और अपने नन्हे मुन्ने बालकों को शिक्षा ओर संस्कार देंगे।

नवाचारी शिक्षक – राम जी शर्मा

पता– प्राथमिक विद्यालय नगला मके, विकासखंड– ताखा, जनपद– इटावा (उत्तर प्रदेश)

नवाचार का नाम – मोहर एक काम अनेक

नवाचार के लिए आवश्यक सामग्री– जानवरों, पक्षियों, फलों, सब्जियों, वस्तुओं आदि के चित्रों की मोहरें और इंक पैड

उद्देश्य– कहा जाता है कि बच्चे भगवान का रूप होते हैं और हम शिक्षक उन बच्चों को संवारते और भविष्य निर्माण करते हैं जैसाकि हम शिक्षा को तो महसूस कर चुके हैं कि हमारे पास जो भी बच्चे आते हैं वह अलग-अलग मानसिकता और बौद्धिक स्तर के होते हैं हम बच्चों को बहुत कुछ पढ़ाना व सिखाना चाहते हैं लेकिन बच्चे उतना आकर्षित नहीं हो पाए इसलिए बहुत जरूरी हो जाता है कि बच्चे विद्यालय तो आए ही लेकिन कक्षा में उत्साहपूर्वक व सजकता के साथ प्रवेश करें और मन लगाकर पढ़े उनका ध्यान इधर- उधर होने के कारण वह पढ़ाई गई चीजों को एकाग्रतापूर्वक नहीं सुनते उनको एकाग्र करने के लिए मैंने मोहर का नवाचार अपनाकर बच्चों को सिखाया। प्रत्येक बच्चे का मानसिक स्तर अलग–अलग होता है, इसके लिए जरूरी नहीं है कि एक ही विधि द्वारा बच्चों को सिखाया जाए और बच्चे सीख जायें। इस समस्या का समस्या का समाधान करने के लिए मैंने इस नवाचार का प्रयोग किया। जब बच्चा कक्षा-1 में नामांकित होता है तो उसको अक्षरों या शब्दों का सही से ज्ञान नहीं होता है लेकिन वह चित्रों को पहचान लेता है। इस नवाचार के माध्यम से हिन्दी, अंग्रेजी, गणित में अभ्यास कार्य देते हैं।

अनुप्रयोग (क्रियान्वयन)–हिन्दी में मोहरों के माध्यम से मिलान के अभ्यास कार्य के लिए एक तरफ चित्रों को छाप देते हैं, फिर दूसरी तरफ क्रम बदलकर चित्रों को छाप देते हैं और बच्चे को मिलान करने के लिए कहते हैं। कक्षा 2 से 5 तक में कार्य के स्तर को बढ़ाने के लिए चित्रों के सामने हिन्दी व अंग्रेजी में नाम लिखने के लिए नवाचार का नाम है "मोहर एक काम अनेक"

नवाचार के लाभ – फिल्म तारे जमीं पर तो आपने देखी ही होगी जिसमें शिक्षक रामशंकर निकुंभ (आमिर खान) कहते हैं कि बच्चा ए से एप्पल (सेब) पढ़े तो दिमाग में लाल-लाल सेब की तस्वीर दिमाग में उभर आती है। कुछ ऐसा ही मोहर का अनूठा नवाचार किया है जिसमें बच्चे अपनी कापी में छपे चित्रों से बहुत आसानी से और जल्दी सीख जाते हैं। यह प्रयोग प्रारंभिक कक्षा के बच्चों के उपयोगी सिद्ध होगा।

टीएलएमके माध्यम से पाठ्यक्रम को आसान बनाना

मैं रानी शशि दिवाकर शिक्षिका संविलियन विद्यालय मलेशिया, धनौरा, अमरोहा, उत्तर प्रदेश विद्यालय में 20 वर्ष की सेवा के दौरान अनुभव का भंडार है। क्योंकि मैं खुद एक टी0एल0एम0 एक्सपर्ट हूँ इसलिए छात्राओं को सभी प्रकार की गतिविधियों को टी0एल0एम0 के माध्यम से के माध्यम से उन्हें प्रेरणा देते हुए पाठ्यक्रम को सहज और सरल बनती हूँ। छात्रों के सर्वांगीण विकास के लिए वह पाठ्यक्रम से संबंधित तथ्यों को मजबूत करने के लिए स्व रुचि से अनेक गतिविधियाँ कराती हूं। हमारा उद्देश्य उनका सर्वांगीण विकास करना है।

कठिन से कठिन टॉपिक को टी0एल0एम0 द्वारा आसान बनाती हूँ। जिससे विषय के प्रति उनको कठिनाइयों का सामना न करना पड़े। और स्मरण शक्ति बढ़ती रहे। बच्चों के माध्यम से टी0एल0एम0 तैयार कराती हूँ जिससे सुंदर और विषय जागरूकता लंबे समय बनी रहे। हर दिन का टी0एल0एम0 विषय अलग-अलग होता हैं उन्हें सुंदर तरीके से बनाना और याद करती हूँ जिससे भारी विषय भी आसानी से याद हो जाते है। छात्र-छात्राओं के द्वारा भी स्वनिर्मित टी0एल0एम0 बनाएं गए हैं तथा अपने विषय की समझ दूसरों के समक्ष बहुत ही आसान तरीके से रख सकते हैं। हर 15 दिन में विज्ञान प्रदर्शनी का आयोजन कर उन्हें एक मंच प्रदान किया जाता है जिससे वह अपने विषय के प्रति रुचि पर ज्ञान प्रस्तुत कर सकें। व स्वनिर्मित नारो में उत्कृष्ट प्रदर्शन द्वारा बच्चों को प्रमाण पत्र दिलवाना।

विद्यालय स्तर अच्छे टी0एल0एम0 के लिए इनाम देना अच्छे टी0एल0एम को सरल रूप देकर विषय को रुचिकर बनाना। गणित, विज्ञान, सामाजिक, हिंदी, अंग्रेजी व क्राफ्ट वर्क आदि विषय पर समझ विकसित करना सुचारू रूप से अपने जीवन में उसे ढालना। सांस्कृतिक कार्यक्रम, नुक्कड़ नाटक आदि को टी0एल0एम0के माध्यम से रुचिकर और ज्ञानवर्धक जानकारी बच्चों तक पहुंचाना। जिसके कारण छात्र- छात्राएं बहुत अधिक आनंद का अनुभव करती हैं। विषय के प्रति प्रेरणा पाती है। साथ ही साथ उनमें नवविचार समाहित हो जाते हैं।

जीवन और विज्ञान के बीच एक बेहतर कड़ी का कार्य करती है। आसपास का वातावरण हमारे जीवन से किस प्रकार जुड़ा हुआ है यह सोच विकसित कर प्रेरणा स्रोत का कार्य करती हैं। जिला स्तरीय विज्ञान प्रदर्शनी में भी स्वनिर्मित टी0एल0एम0 के माध्यम से प्रथम स्थान प्राप्त करते

हैं। हिंदी की कविताओं को लय के साथ गाकर बताने का प्रयास करती हूं। तथा छात्र–छात्राओं को मेरे द्वारा प्रेरणा गीत, देशभक्ति गीत, मिशन शक्ति की कविताएं, मीना मंच की कविताएं, अन्य गीत भी सिखाए जाते हैं। इन सब गीतों के माध्यम से छात्राएं आनंद का अनुभव करती हैं। छात्रों को गृह शिल्प में सिलाई कढ़ाई बुनाई तथा अन्य कसीदेकारी भी मेरे द्वारा सिखाई जाती है। इस प्रकार नवाचारों के द्वारा छात्राएं विश्वास से परिपूर्ण, सर्वगुण संपन्न हेतु निरंतर प्रयासरत रहती हैं।

मैं रानी शशि दिवाकर पावर एंजेल मास्टर ट्रेनर, मीना मंच सुगम कर्ता तथा मिशन शक्ति सम करता की भूमिका भी अपने विद्यालय में निभाती हूं इन सभी नवाचारों के साथ छात्र–छात्राओं का सर्वांगीण विकास करने का निरंतर प्रयास करती हूं।

शिक्षा में नवाचार

मैं गीतांजली दक्ष राजकीय हाई स्कूल कुचावली मुरादाबाद में व्यायाम शिक्षिका के पद पर कार्यरत हूँ। मेरे निर्देशन में मेरे विद्यालय के छात्र/छात्राएं खेलकूद प्रतियोगिताओं में राज्य स्तर तक प्रतिभाग कर रहे हैं। मैं स्वयं मंडल और जनपद स्तर पर खेल कूद में निर्णायक की भूमिका में समर्पित भाव से कार्य करती हूं। छात्रों के जीवन में खेल का बहुत महत्व है इसी बात का ध्यान रखते हुए छात्रों को प्रोत्साहित करती हूं। निरंतर प्रशिक्षण देने के उपरांत प्रतियोगिता में प्रतिभाग कराती हूँ। मिशन शक्ति कार्यक्रम के अंतर्गत जिला सह नोडल प्रभारी के रूप में कार्य किया।

इस कार्यक्रम के अंतर्गत अपने विद्यालय की छात्राओं के साथ-साथ अन्य विद्यालयों में जाकर भी इस भाव के साथ आत्मरक्षा प्रशिक्षण दिया कि पूरे जिले की बालिकाएं सशक्त बनें और आत्मविश्वास के परिपूर्ण हों। मेरे विद्यालय के कक्षा-10 के सुमित कुमार तैराकी प्रतियोगिता में राज्य स्तर तक पहुंचकर कुशल तैराक बन गए हैं। कक्षा से भागने वाले और पढ़ाई से जी चुराने वाले एक छात्र का वॉलीबॉल में मंडल स्तर तक प्रतिभाग कराया गया। इस प्रकार से बच्चों में आत्मविश्वास भर जाता है और वह शिक्षा की मुख्य धारा में शामिल हो जाते हैं। गांव से कभी बाहर न निकलने वाली छात्राएं जब राज्य स्तर पर बड़े-बड़े शहरों में अपना प्रदर्शन करके आई और अखबारों में उनका नाम आया तो मालिक अपने सेवक से पूछने लगे कि यह तो तुम्हारी बेटी है तो गरीब पिता का सिर गर्व से ऊंचा हो गया। इस प्रकार मैंने बच्चों के साथ परिश्रम करके उनके सपनों को नए पंख दिए। शहरी क्षेत्र के साथ-साथ ग्रामीण क्षेत्र के छात्रों का भी प्रोत्साहन और मार्गदर्शन करना बहुत जरूरी है, ऐसी भावना के तहत मैं लगातार मैदान में बच्चों के साथ परिश्रम कर रही हूँ। अब तक 500 से ज्यादा बच्चों को आत्मरक्षा प्रशिक्षण दे चुकी हूँ। इसके लिए मुझे अनेकों सम्मान भी प्राप्त हुए हैं। अंतर्राष्ट्रीय कुश्ती खिलाड़ी बबीता फोगाट जी द्वारा भी मुझे सम्मानित किया गया है। अनेकों संस्थाओं से भी मुझे सम्मान प्राप्त हुए हैं। राष्ट्र निर्माता सम्मान, राष्ट्रीय उत्कृष्ट शिक्षक सम्मान तथा साहित्य के क्षेत्र में भी उत्कृष्ट हिंदी सेवी सम्मान प्राप्त हुआ है। शिक्षा एवं नवाचार के क्षेत्र में उत्कृष्ट प्रदर्शन हेतु मुझे एडुलीडर्स यूपी अवार्ड 2024 से भी सम्मानित किया गया है। इस प्रकार में तन, मन, धन से देश की भावी पीढ़ी की सेवा में दृढ़ संकल्पित हो लगातार कार्य कर रही हूं और करती रहूंगी।

सह-शैक्षणिक गतिविधि एवं वर्ग कक्ष में उपयोग

मै जुली कुमारी, कन्या मध्य विद्यालय, पुर्णिया बिहार विधालय में 19 वर्षो से अनवरत सेवा देते हुए काफी अनुभव हो चुका है। कार्य ही सच्ची पूजा है।

समाज में बेटी - बचाओ बेटी पढ़ाओ, शिक्षित समाज बनाओ के तहत - जरूरत बच्चियों को मदद करना। विधार्थियों को सरल एवं उपयोगी तरीके से श्यामपट्ट पर प्रयोग करना। बच्चों में साकारात्मक विकास नैतिक मूल्यों का विकास करने में तत्पर रहती है।

वर्ग कक्ष में सभी बच्चों से अलग दिखने वाले यानि कि आत्म विश्वास की कभी ऐसे बच्चों को हमेशा वर्ग में अच्छे काम करने के लिए S.SA ताली से शाबाशी दिया जाता है।

FLN (Foundational Literacy and Numeracy) आधारभूत साक्षरता प्रयोग किट द्वारा कर एवं संख्यात्मक के तहत आधारभूत गणित के सवालों जैसे जोड़ और घटाव को हल करने को उसकी क्षमता के रूप में बताते हैं। वर्ग कक्षा में सभी बच्चों को समान अवसर देने की डेट वह कक्षा में सभी बच्चों को समान अवसर देती रहती है।

विधालय से बाहर रहने वाले बच्चों की शिक्षा के मुख्यधारा यानि विधालय लाकर जोड़ना।

शिक्षा में नवाचार

मैं इकबाल दानिश खान, कई संस्थाओं द्वारा समाज सेवा व शिक्षा के क्षेत्र में दी गई सेवाओं के लिए प्रशस्ति -पत्र, बेस्ट टीचर अवार्ड, लाइफ टाइम अचीवमेंट अवार्ड, नेशनल अवार्ड व गोल्ड मेडल से सम्मानित! पढ़ाई छोड़ चुके बालक -बालिकाओं को पुनः शिक्षा के अवसर प्रदान करने के लिए सदैव प्रयासरत! एक शिक्षाविद होने के नाते अपने कार्य को समाज सेवा के रूप में देखता हूँ और इसी सोच के कारण अपने विद्यार्थियों के लिए मेरी यह कोशिश रहती है कि, जितना हो सके उनको इस प्रकार पढ़ाया जाए कि किताबी ज्ञान के साथ-साथ उनका उनका सामाजिक और स्वभाविक स्तर भी ऊँचा हो। जिससे वह अपने आने वाले जीवन में एक सफल व्यक्ति और सफल नागरिक बन सकें।

स्कूल निदेशक होने के कारण मेरा मेरे अध्यापक साथियों से भी यही निवेदन रहता है कि वह भी अपना उद्देश्य यह रखें कि जो पाठ वह पढ़ाने जा रहे हैं, सिर्फ उनका मक़सद उस पाठ को पढ़कर उसके प्रश्न उत्तर करा देना ही ना हो बल्कि उस पाठ और उससे जुड़ी हुई एक-एक बात बच्चों के अच्छे से समझ में आ जाए। पाठ शुरू करने से पहले उस पाठ की हेडिंग को लेकर हम बच्चे से पहले 5- 10 मिनट बात करें और उसको पाठ शुरू करने से पहले ही हम यह बता दें कि इस पाठ में हम क्या पढ़ने जा रहे हैं ? साथ ही पाठ में आने वाले कठिन शब्दों के अर्थ को भी अच्छे से खोलकर (संधि विच्छेद कर) समझा दिया जाए ताकि बच्चों को अर्थ को याद रखने और पाठ को समझने में आसानी हो। रटवाने की बजाय अगर बात को अच्छे उदाहरण के साथ दूसरी चीजों से जोड़ कर समझाया जाए और बच्चो कि मनोदशा का ख़्याल रखा जाए तो हमें बेहतर नतीजे प्राप्त हो सकते हैं।

पाठ योजना और चार्ट के माध्यम से तो हम पढ़ाते ही हैं पर क्योंकि आजकल टेक्नोलॉजी का ज़माना है और बच्चे भी हमसे ज्यादा एडवांस हैं, तो हमें इस बात में भी कोई शर्म महसूस नहीं करनी चाहिए कि जो विषय हम कल पढ़ाने जा रहे हैं उसको लेकर कोई वीडियो देखी जाए, या यह देखा जाए कि ट्रिक के माध्यम से इस टॉपिक को कैसे और अच्छे से पढ़ाया सकता है। ताकि बच्चों के जल्दी और आसानी समझ में आए!

साथ ही बच्चों के अंदर सीखने की जिज्ञासा को और बढ़ाया जाए उन्हें समझाया जाए कि

सिर्फ हमें किताबें नहीं सिखाती बल्कि जीवन में आया हमारा हर व्यक्ति, प्रकृति, सब कुछ हमें कुछ ना कुछ सीख देते हैं हम चाहे तो हम किताबों के अलावा दुनिया से भी बहुत कुछ बातें सीख सकते हैं। शिक्षक का कर्म उस विद्यार्थी नुमा कोमल मिटटी को सांचे में ढालना है और शिक्षा का उद्देश्य प्राणी मात्र से मानव बनाना है। ताकि हमारे विद्यार्थी आगे किसी भी क्षेत्र में जाये, वो केवल स्वंय को पैसे कमाने कि मशीन न समझ कर, मानवता के साथ अपना कर्म करें।

रोमांचक और रचनात्मक अनुभव

मैं योगिता, उच्च प्राथमिक विद्यालय सलेमपुर में इंचार्ज अध्यापिका हूँ। मेरा नवाचार है गणित के जादू, यह गणित को एक नीरस विषय से एक रोमांचक और रचनात्मक अनुभव में बदलने की क्षमता को दर्शाता है। आइए देखें कि कैसे हम गणित को अधिक आकर्षक बना सकते हैं:

गणित को रोजमर्रा के जीवन से जोड़ना

उदाहरण: दुकान पर जाकर सामान खरीदना, खाना बनाना, खेल खेलना, ये सभी गणित से जुड़े हुए हैं।

गतिविधि: बच्चों को इन उदाहरणों से गणित के सवाल पूछें। जैसे, "अगर एक पेंसिल 5 रुपये की है, तो 5 पेंसिल कितने की होंगी?"

खेल और पहेलियों का उपयोग

उदाहरण: सुडोकू, रूबिक्स क्यूब, और गणितीय पहेलियां।

गतिविधि: बच्चों को गणितीय खेल खेलने के लिए प्रोत्साहित करें। यह न केवल उनके गणितीय कौशल को बढ़ाएगा बल्कि उनकी तार्किक सोच को भी विकसित करेगा।

तकनीक का उपयोग

उदाहरण: गणितीय ऐप्स, ऑनलाइन गेम, और इंटरैक्टिव सॉफ्टवेयर।

गतिविधि: बच्चों को गणित सीखने के लिए विभिन्न प्रकार की तकनीकों का उपयोग करने दें। यह उन्हें सीखने में अधिक मज़ा आएगा।

रचनात्मक गतिविधियाँ

उदाहरण: गणितीय पैटर्न बनाना, गणितीय कहानियां लिखना, या गणितीय मॉडल बनाना।

गतिविधि: बच्चों को अपनी कल्पना का उपयोग करके गणितीय अवधारणाओं को व्यक्त करने के लिए प्रोत्साहित करें।

गणित को दृश्य रूप देना

उदाहरण: ग्राफ, चार्ट, और डायग्राम।

गतिविधि: बच्चों को गणितीय समस्याओं को हल करने के लिए दृश्य उपकरणों का उपयोग करने के लिए प्रोत्साहित करें।

गणित को वास्तविक जीवन से जोड़ना

उदाहरण : वैज्ञानिक प्रयोग, इंजीनियरिंग प्रोजेक्ट, और वास्तुशिल्प डिजाइन।

गतिविधि : बच्चों को गणित के वास्तविक जीवन के अनुप्रयोगों को दिखाएं।

शिक्षक की भूमिका

शिक्षक एक मार्गदर्शक के रूप में कार्य करते हैं। वे बच्चों को गणित सीखने में मदद करते हैं और उन्हें प्रेरित करते हैं। नवाचार गणित के जादू को समझने के लिए, हमें गणित को एक कठिन विषय के रूप में नहीं बल्कि एक रोमांचक खोज के रूप में देखना होगा। जब हम गणित को रोजमर्रा के जीवन से जोड़ते हैं और इसे मज़ेदार बनाते हैं, तो बच्चे स्वतः ही गणित सीखने के लिए उत्सुक हो जाते हैं।

नवाचारी शिक्षक शिक्षण पद्धति

मैं राखी अग्रवाल कंपोजिट विद्यालय जनैटा, विकास क्षेत्र-बनियाखेड़ा, जनपद सम्भल, उत्तर प्रदेश में सहायक अध्यापक के पद पर कार्यरत हूं। मुझे बेसिक शिक्षा में 15 वर्ष की अनवरत् सेवा देते हुए काफी अनुभव प्राप्त हुए हैं। जब नई शिक्षा नीति आ ही गई है तो पढ़ाने का अंदाज पुराना ही क्यों रहे। इस हेतु अपने नवाचारों के माध्यम से मेरे द्वारा विद्यालय में छात्रों को न केवल गुणवत्तापूर्ण शिक्षा दी जाती है बल्कि उनके सर्वांगीण विकास हेतु अनेक खेल आधारित गतिविधियां भी कराई जाती रहती हैं। नवाचारों की बात करें तो बच्चों को निपुण बनाने हेतु विद्यालय में अंग्रेजी व हिंदी वर्णमाला की चित्रों के साथ मोहर बनवाई गई हैं, जिससे बच्चे चित्रों को देखकर समझ के साथ पढ़ना और लिखना सीखते हैं।

मेरा अपना यूट्यूब चैनल भी है जिस पर मेरे सभी बच्चे सब्सक्राइबर हैं। इस चैनल पर मैं अपने विद्यालय की समस्त शैक्षिक गतिविधियों को अपलोड करती हूं, जिसको सभी बच्चे अपने घर पर रहकर भी देखते हैं और सीखते हैं।

मेरे द्वारा कक्षा-कक्ष में विषय की समझ व ज्ञान स्थाई करने हेतु पाठ से संबंधित आकर्षक टीएलएम का प्रयोग भी किया जाता है। बच्चों को प्रेरित करने हेतु तरह-तरह के नवाचार जैसे बैज लगाकर, टोपी पहनकर, टॉफी- चॉकलेट्स का हार पहनाकर, उनके अभिभावकों को बुलाकर उन्हें सम्मानित कर उन बच्चों को कक्षा में कुछ अलग महसूस कराया जाता है, जिससे अन्य बच्चे भी प्रेरित होकर आगे आते हैं। बच्चों का व्हाट्सएप ग्रुप बनाकर, टेलीटीचिंग का कॉन्सेप्ट अपना कर बच्चों को शिक्षा की मुख्य धारा से जोड़े रखा है। बच्चों की नियमित उपस्थिति हेतु स्टार ऑफ द मंथ बच्चा चुनकर स्टार मोटिवेशन अवार्ड से सम्मानित किया जाता है। कक्षा में पाठ को रोचकता प्रदान करने के लिए हाथ से तैयार तरह-तरह के मुखौटों द्वारा रोल- प्ले कराया जाता है। कक्षा में होशियार बच्चे को निपुण चैंपियन का बैज लगाकर, कैप पहनाकर सम्मानित किया जाता है तथा भयमुक्त वातावरण हेतु उस चैंपियन बच्चे का कमजोर बच्चों के साथ ग्रुप बनाकर पियर लर्निंग कराई जाती है। छोटे बच्चे रेत पर वर्ण बनाकर सीखकर खेल-खेल में शिक्षा ग्रहण करते हैं।

नवाचारी शिक्षक शिक्षण पद्धति

मैं मो0 अनवर खान, प्राथमिक विद्यालय शमसुद्दीनपुर टांडा अंबेडकर नगर परंपरागत तरीके से बच्चों को गणित एवं भाषा में निपुण बनाने में कठिनाई हो रही थी इस लिए बच्चों को रोचक तथा आनंदमई तरीके से भाषा एवं गणित का ज्ञान कराने के लिए कई प्रकार के TLM का निर्माण नवाचार मेरे द्वारा किया गया है एवं शिक्षा प्रदान की जा रही है ताकि बच्चे गतिविधि के माध्यम से खुद कर के सीखें और स्थाई ज्ञान प्राप्त कर निपुण बन सके जैसे गणित में मेरे द्वारा संक्रिया तराजू, थ्री डिजिट मैजिकल कैलकुलेटर, मोतियों की माला आदि तथा भाषा में बच्चों की मौखिक भाषा विकास के लिए कई प्रकार की स्टोरी कार्ड, बाइस्कोप, चार्ट आदि के माध्यम से नवाचारी तरीके से भाषा का ज्ञान कराया जाता है मेरे द्वारा अनेक कहानियां तथा पंखुड़ी के गद्य पाठ को कविता के रूप में बच्चों को गतिविधि के के माध्यम से हावभाव के साथ गाकर रुचि पूर्ण ढंग से पढ़ाया जाता है कविता के माध्यम से बच्चे किसी पाठ को आसानी से याद कर लेते हैं और जल्दी समझ भी जाते हैं

बच्चों को भाषा में निपुण बनाने के लिए बहुत सारी कविता/ कहानी मैंने लिखा है मगर उनमें से प्रस्तुत है –

एक साहसी बंदर की कहानी स्टोरी कार्ड बनाकर इस कहानी को कविता के रूप में लिखा ताकि बच्चे आसानी से रुचि पूर्ण ढंग से कविता को पढ़कर कहानी को समझें तथा कहानी में जो संदेश दिया है उससे सीखें–

एक चंचल छोटा सा बंदर
गया घूमने जंगल के अंदर
झोले में थे फल और मिठाई
खाने को घास पर बिछाई चटाई
जैसे ही खाना शुरू किया भाई
पास गुफा से कुछ आवाज आई
दो बाद्य गुफा के पास आए नज़र
यह देख बंदर बहुत गया डर
तभी बंदर ने दिमाग लगाया

खाने पर बाघों को भी बुलाया
मिठाई फल सबने मिलकरखाया
बंदर को सबने दोस्त बनाया
काम आई बंदर की भलाई
जिसने उसकी जान बचाई
बच्चों अनवर का मानो कहना
सदा मिल जुलकर सबसे रहना

मेरे द्वारा लिखित/रचित बहुत सारे लेख एवं कविताएँ आई .एस .बी .एन . पुस्तकों मैं प्रकाशित हो चुकी हैं!जैसे यादव जी की चाय, ज्ञान की गुल्लक, सत्य की नाव, नवाचार, रक्तदान महादान, बेटियों की उड़ान, बेटियों पर स्लोगन, मेरे पापा, सच का सामना, मेरी कविता मेरी पहचान, टी एल एम निर्माण में शिक्षकों की भूमिका आदि अनेकों पुस्तकों में मेरे द्वारा उत्कृष्ट सहलेखन का कार्य किया गया है

विभाग द्वारा समय–समय पर आने वाली योजनाओ जैसे स्कूल चलो अभियान, मिड डे मील, डीबीटी, नामांकन, स्वच्छता राष्ट्रीय शिक्षा नीति 2020 पर भी मेरे द्वारा कविता लेखन एवं पठन होता रहता है जो बच्चों, अभिभावकों तथा समाज को जानकारी प्रदान करने तथा जागरूक बनाने का कार्य करती हैं।

नवाचारों का वर्णन

मैं ज्योति प्रभा उत्क्रमित उच्च विद्यालय मेहसौल, रुन्नीसैदपुर, सीतामढ़ी में प्रखंड शिक्षक के रूप में कार्यरत हूं। मैं बिहार से हूं। मैं अपने विद्यालय के प्रति जागरूक रहने के लिए काफी प्रेरणादायक काम करती रहती हूं। मैं श्यामपट्ट पर टीएल एम के लिए पाठ आधारित चित्र बनाकर पढ़ने में ज्यादा विश्वास रखती हूं। बच्चों में समझ विकसित करने के लिए शिक्षा दर्पण फेसबुक ग्रुप से भी जुड़ी हुई हूं। मैं शिक्षक अभिभावक गोष्ठी में भी भाग लेती हूं तथा अभिभावकों से उनकी बातों को समझता हूं तथा उसका अनुसरण करती हूं। मैं कविता को अभाव के साथ पढ़ने में ज्यादा विश्वास रखती हूं। मैं खुद भी बच्चों के लिए छोटी-छोटी प्रेरणादायक कविता लिखती हूं। मेरी पूरी कोशिश रहती है कि बच्चे खुद से खुश रहे तथा मेरी बातों को समझे और विद्यालय में उत्साह पूर्ण रहने की कोशिश करें। मुझे इन सब कार्यों के लिए tbt पुरस्कार से भी सम्मानित किया गया 2024 में 15 सितंबर को।

मैं पूरी ईमानदारी से अपने कर्तव्य के प्रति जागरूक रखती हूं मैं यही सोचती हूं जो मेरे अंदर प्रतिभा है उसे मैं अपने बच्चों के सामने रखू जिससे मेरे बच्चे मेरे विश्वास के साथ आगे बढ़ सके। इन सब कार्यों के लिए मुझे शिक्षक दर्पण के तरफ से भी सम्मान प्राप्त हुआ है

मैं अपने बच्चों के साथ नई नई गतिविधि भी करती रहती हूं जिससे मेरे बच्चे मुझे काफी कुछ खेल खेल में सीखते रहते हैं। उनका मन भी गतिविधि में लगता रहता है और नई चीज भी सीखने को मिल जाती है। बच्चों को मैं सिर्फ पाठ को पूरा करने में विश्वास नहीं रखती बल्कि बच्चों को उसे पाठ के बारे में पूरी जानकारी देना अपना कर्तव्य समझती हूं। मैं बच्चों को एफ एल एन किट द्वारा भी नए-नए चित्र बनाकर बच्चों में उत्साह भरती रहती हूं। बच्चों को राजधानी, सागर महासागर, देश-विदेश सभी की जानकारी समय-समय पर देती रहती हूं। सुरक्षित शनिवार को भी मैं आपदा के बारे में बताना समझना और अनुकरण करना बताती रहती हूं। जब बच्चे थोड़ा भी अपने आप को पढ़ाई से अलग रखने की कोशिश करते हैं तो मैं उनसे चित्रकला बनवाती हूं। इस प्रकार नवाचारों के द्वारा बच्चों में आत्मविश्वास भर कर आगे बढ़ाने के लिए अग्रसर करती हूं।

ग्रीष्मकालीन अवकाश में नवाचार

मैं रविन्द्र कुमार, राजकीय आदर्श प्राथमिक विद्यालय कोटा वि क्षे जयहरीखाल पौड़ी गढ़वाल उत्तराखंड में सहायक अध्यापक के पद पर कार्यरत हूँ। मेरी शिक्षा एम एस सी, एम ए, एम एड है।मेरी कविता, कहानी, घटनाक्रम और संपादकीय लेख विभिन्न अखबारों और पत्रिकाओं में प्रकाशित होते हैं।इसके साथ ही मुझे गायन और अभिनय में रूचि है। मेरी प्राथमिक शिक्षा ग्रामीण परिवेश में हुई।बचपन से ही मुझे अध्यापन कार्य प्रेरित करता रहा है।मुझे लगता है कि एक शिक्षक ही समाज को सही दिशा दे सकता है।इसी उद्देश्य को लेकर मैने शिक्षक बनने का निश्चय किया।

ग्रामीण परिवेश के बच्चे जिन्हें अकसर कहा जाता है कि समझ नहीं पाते या पिछड़े हैं लेकिन मेरा मानना है कि शिक्षक वही है जो कक्षा में सबसे पिछड़े बच्चे को शिक्षण की मुख्य धारा से जोड़ दे।यही प्रयास मेरा भी रहा है।मैने सम्पूर्ण पाठ्यचर्या को नवाचारी गतिविधियों में बदलने का प्रयास किया है।इसका परिणाम सुखद है कि बच्चे विभिन्न प्रतियोगिताओं में प्रतिभाग कर स्थान प्राप्त करते हैं। मेरे द्वारा कुछ नवाचारी प्रयास इस प्रकार किए गए।

1- सामुदायिक सहभागिता में नवाचार-

मुझे विद्यालय में चार वर्ष तक प्रभारी प्रधानाध्यापक के रूप में कार्य करने का सौभाग्य प्राप्त हुआ।इस बीच मैने समुदाय के सहयोग से विद्यालय को नया रूप दिया।पहले भवन टूटा और अस्त व्यस्त था।विभिन्न राष्ट्रीय पर्वों पर जन प्रतिनिधियों को निमंत्रण देकर बुलाया गया।उनके द्वारा दी गयी धनराशि से अतिरिक्त कक्षों का निर्माण कराया गया।चारदीवारी बनाई गई।संपर्क मार्ग को पक्का किया गया।आज तस्वीर बदली है।

2-प्रिटरिच वातावरण-

कहा जाता है कि बच्चों को गणित विषय कठिन लगता है क्योंकि कि अधिकांश बच्चों की गणित पढ़ने में रूचि उत्पन्न नहीं होती।मैने स्कूल के एक कमरे को गणित हाउस की तरह विकसित किया।कमरे की सभी दीवारों को गणितीय चित्रों से सजा कर प्रिन्ट समृद्ध वातावरण प्रदान किया है।इस पर स्वयं धनराशि व्यय की है।साथ ही विभिन्न तकनीकों का उपयोग गणित शिक्षण में किया जाता है।आज बच्चे सहज होकर गणित के साथ खेल रहे होते हैं।

3-बागवानी निर्माण-

विद्यालय में सुन्दर किचिन गार्डन का निर्माण किया गया है।जिसके लिए लकड़ी की सुन्दर बाउन्ड्री बनाई गई है।इसके निर्माण में धनराशि मेरे द्वारा व्यय की गयी है।भोजन माता और बच्चों के साथ मिलकर इसमें विभिन्न प्रकार की सब्जियां उगाई जाती है।साथ ही विभिन्न विषयों के शिक्षण को बागवानी के साथ को-रिलेट किया जाता है।सब्जियां मध्याहन भोजन में बच्चों को खिलाई जाती है।

4-विद्यालय प्रवेश द्वार-

अपनी स्व माँ की यादों को चिरस्थायी बनाने के लिए खूबसूरत प्रवेश द्वार का निर्माण कराया गया है।जिसका उद्‌घाटन बाल दिवस के अवसर पर किया गया।

5- समर कैम्प-

ग्रीष्मकालीन अवकाश पर विद्यालय में मेरे द्वारा एक सप्ताह का समर कैम्प का आयोजन किया जाता है जिसमें हमारे विद्यालय के साथ साथ क्षेत्र के अन्य विद्यालय के बच्चे भी हिस्सा लेते हैं।जिसमें बच्चों को चित्रकारी, लोकनृत्य, लोककला, बागवानी, लेखन आदि सिखाया जाता है।बच्चों को इन गतिविधियों में बहुत आनंद आता है।

नवाचार

मैं दीपा सिंह, सहायक अध्यापक, कंपोजिट विद्यालय उमरी कला ब्लॉक छज्जलैट जनपद मुरादाबाद से हूँ।

किए गए कार्यों का विवरण

1- घर घर जाकर लड़कियों को पढ़ाई के लिए प्रेरित करना..

2- पढ़ाई छोड़कर जो लड़कियां घर पर सिलाई व अन्य काम करती है उनके अभिभावको से बात कर कर उनको समझा कर विद्यालय में दोबारा पढ़ने के लिए प्रेरित करना..

3- जो लड़कियां कक्षा 8 पास कर के विद्यालय से जा चुकी हैं और वह आगे पढ़ाई करना चाहती थी उनकी फीस वह कोर्स दिलाना तथा यूनिफॉर्म इत्यादि की व्यवस्था करना जिससे कि वह अपना भविष्य सुधार सकें।

4- गरीब लड़कियों की शादी में मदद करना

5- लड़कियों के शारीरिक एवं मानसिक स्वास्थ्य के विषय में कार्य करना।

6- लड़कियों के भविष्य को सुरक्षित करने के लिए पढ़ाई व रोजगारपरक शिक्षा प्रदान करना

छात्राओं को सशक्त बनाने हेतु महिला सशक्तिकरण कार्यक्रम में प्रतिभाग कराती हूं। छात्राओं को रंगोली, मेहंदी, अनेको कलाओं में निपुण करने के लिए प्रयास रत रहती हूं। छात्राओं के लिए सांस्कृतिक कार्यक्रम में भी सहयोग किया जाता है।

7- छात्र-छात्राओं को स्वेटर प्रदान करना

8- SMC मैं आने वाली महिलाएं जो पहले निरक्षर थी तथा अंगूठा लगती थी उनको पढ़ने के लिए प्रेरित किया और उनको साक्षर बनाया

9. जिन गरीब महिलाओं को सिलाई आती थी उनको सिलाई मशीन वितरण की गई।

10. शिक्षा के क्षेत्र में मेरे योगदान के साथ ही समाज सेवा के कार्यों को देखते हुए अनेकों संस्थाओं से मुझे राष्ट्रीय स्तर पर भी सम्मान प्राप्त हुए हैं।

11 -संत पाल राठौड़ स्मृति उत्कृष्ट शिक्षक सम्मान प्राप्त हुआ।

12 -गुजरात के पाटन शहर में हेमेंद्राचार्य राष्ट्रीय गौरव शिक्षक सम्मान प्राप्त हुआ।13 -एक गूंज संस्था बरेली राज्य स्तर पर शिक्षक सम्मान प्राप्त हुआ।

प्रकृति मित्र मेरे बच्चे

मैं पूजा पांडे शिक्षिका उच्च प्राथमिक विद्यालय निंदूरा बाराबंकी उत्तर प्रदेश। विद्यालय में 10 वर्ष की अनवरत सेवा देते हुए मुझे काफी अनुभव हो चुके हैं। विभिन्न प्रकार के नवाचार एवं गतिविधियां विद्यालय में करवाने के लिए मुझे शिक्षा मंत्री श्री संदीप सिंह द्वारा नवाचारी कार्यशाला 2024 में सम्मानित भी किया गया है। एक विज्ञान शिक्षिका के रूप में मैं निरंतर गणित एवं विज्ञान में होने वाले प्रयोग बच्चों को करवाती रहती हूं।

Education is the overall development of a child

इस कथन के अनुसार बच्चों का सर्वांगीण विकास ही एक शिक्षक के लिए सबसे ज्यादा जरूरी है। तो बच्चों के सर्वांगीण विकास के लिए मै विभिन्न प्रकार के प्रतियोगिताएं हमेशा करवाती रहती हूं जिसमें कि उनको प्रकृति के तरफ जागरूक करने हेतु अलग-अलग तरीके की गतिविधियां करवाती हूं।

1. पुरानी पड़ी हुई बोतल का प्रयोग करके अपने कक्षा कक्ष को किस तरह से सुंदर बनाएं एवं प्रकृति हित में प्रकृति संरक्षण में कैसे योगदान दे यह हमारे बच्चे सीखते हैं।

2. आओ अपनी प्रकृति को बचाए इस मुहिम में बच्चों ने विद्यालय में 100 से अधिक पौधे लगाए हैं एवं पौधों की रोज देखभाल करते हैं।

3. मेरा पेड़ मेरी जिम्मेदारी इस मुहिम के तहत बच्चों द्वारा विभिन्न पेड़ लगाए गए एवं उनकी जिम्मेदारी ली गई और लाल रिबन बांधकर उनकी सुरक्षा की शपथ और जिम्मेदारी भी ली गई।

4. शुद्ध एवं स्वच्छ वातावरण बनाने के लिए बच्चे निरंतर प्रयास करते हैं और कहीं भी पुरानी पड़ी हुई बोतल हो या डिब्बा हो या फिर कुछ भी उनको ऐसा चीज मिलती है तो वह तुरंत लाकर उसका प्रयोग करते हैं उसमें मिट्टी भरकर छोटे-छोटे पौधे लगाकर अपनी विद्यालय को सजाते हैं एवं प्रकृति संरक्षण में मदद करते हैं।

5. एक पेड़ मां के नाम के तहत बच्चों द्वारा एवं उनकी माता द्वारा वृक्षारोपण करके अपनी माताओं को भी बच्चों ने जागरूक किया।

बच्चे अब निरंतर सीख रहे हैं कि एक शुद्ध एवं स्वच्छ वातावरण में ही एक सुंदर तरीके से पढ़ाई हो सकती है इसीलिए बच्चे अपने आसपास कूड़ा भी नहीं इकट्ठा होने देते हैं। उन्होंने

विद्यालय में अपनी कक्षा कक्ष के लिए कूड़ेदान बनाया है जिसमें कि वह कूड़ा डालते हैं और अपने विद्यालय को सुंदर और स्वच्छ बनाए रखते हैं। प्रकृति संरक्षण एवं अपनी प्रकृति को कैसे बचाएं इस पर बच्चों द्वारा भाषण एवं कविता लेखन का भी प्रतियोगिता कराई गई है जिसमें बच्चों ने बढ़ चढ़कर हिस्सा लिया है। निरंतर विभिन्न गतिविधियों से बच्चों का आत्मविश्वास बढ़ रहा है एवं आगे आगे बोलने की जो क्षमता है वह बच्चों में बढ़ रही है एवं विकास हो रहा है।

ऐसे बढ़ी बच्चों की उपस्थिति और ऐसे बड़ा ठहराव

वैसे तो विद्यार्थियों की उपस्थिति बढ़ाने के लिए और गुणवत्ता सुधार हेतु अनेक नवाचार होते रहे हैं और हमने भी अपने विद्यालय में बहुत सारे नवाचार किए हैं। जैसे विद्यालय में डॉ. ए पी जे अब्दुल कलाम आईसीटी लैब, सर रामानुजन मैथ लैब, श्री दर्शन स्मार्ट सोशल साइंस लैब, सर सीवी रमन साइंस लैब की स्थापना, डॉ बी. आर. अंबेडकर ओपन लाइब्रेरी की स्थापना, श्रीमती ऊषा बुक बैंक आदि। साथ ही बच्चों को आईसीटी में प्रशिक्षित करना, अभिभावकों से संपर्क करना, विद्यार्थियों के साथ आत्मीय संबंध बनाना, समय-समय पर अभिभावक जागरूकता कार्यक्रम आयोजित करना, पुरस्कार वितरण करना, बच्चों की ऑनलाइन मैगजीन, अपना समाचार पत्र डेवलप करना, जिससे उन्हें मुक्त हस्त लेखन कौशल का विकास हो सके। साथ ही विद्यार्थियों को आईसीटी के उपकरणों का ज्ञान करना जिससे वह अपने आप को आईसीटी में पिछड़े हुए ना समझे। लेकिन उनमें से एक प्रमुख नवाचार जो मैं यहां पर साझा करना चाहता हूं आप लोगों के सम्मुख वह है कि मैंने अपने बेटे प्रज्ञन्य शर्मा का नाम अपने विद्यालय में लिखवा दिया। इंग्लिश मीडियम स्कूल से उसका नाम हटाकर अपने प्राथमिक विद्यालय मटिया नगला फरीदपुर बरेली में बच्चे का नाम लिखवाया और मेरे देखा देखी और शिक्षकों ने भी अपने बच्चों का नाम विद्यालय में लिखवा दिए हैं। जिससे कक्षाकक्ष शिक्षण की गुणवत्ता में बहुत ज्यादा सुधार हुआ है। सभी टीचर बहुत ही जिम्मेदारी के साथ पढ़ते हैं। क्लास लेते हैं, आईसीटी का भी प्रयोग करते हैं और बच्चों की दिक्कतों को परेशानियों को समझते हुए उनको दूर करने का प्रयास करते हैं। ग्रामीणजनो का भी विश्वास विद्यालय के प्रति बढ़ा है और दूरदराज के इलाकों से भी बच्चे प्राइवेट कॉन्वेंट स्कूलों से अपने बच्चों का नाम कटवाकर हमारे स्कूल में लिखा रहे हैं। नामांकन में बहुत वृद्धि हुई है, ठहराव भी बढ़ा है और बच्चों की शैक्षिक लब्धि में भी आशातीत वृद्धि हुई है।

एक और नवाचार का जिक्र करना चाहूंगा जो वर्तमान परिवेश में अत्याधिक महत्वपूर्ण है। निपुण भारत मिशन के अंतर्गत बच्चों में गणित का कौशल विकसित करने के लिए बच्चों को वैदिक गणित की ट्रिक्स बताई गई और बच्चों से कहा गया कि जो बच्चे उन ट्रिक्स को बेहतर तरीके से समझ कर बताएंगे और अन्य बच्चों को सिखाएंगे, उनका वीडियो बनाया जाएगा और विद्यालय के यूट्यूब चैनल और विद्यालय की वेबसाइट पर भी अपलोड किया जाएगा साथ ही कक्षावार बनाए

गए व्हाट्सएप ग्रुप्स पर भी बच्चों के उन वीडियो को प्रेषित किया जाएगा। फेसबुक पेज पर भी बच्चों के जो वीडियो हैं उनको भेजा पोस्ट किया जाएगा। दुनिया के तमाम लोग उनके वीडियो को देखेंगे, लाइक करेंगे और उनसे सीखेंगे। इस नवाचार का फायदा यह हुआ कि बच्चे बहुत ज्यादा प्रेरित हुए और उन्होंने अपने वीडियो बनाने का काम शुरू किया। अब उनमें होड़ सी लग गई है। स्वस्थ प्रतियोगिता का भाव विकसित हुआ है। बच्चे बहुत मेहनत से घर में इसका अभ्यास करते हैं। इस प्रकार वैदिक मैथमेटिक्स के कौशलों का विकास होता गया और इसका रिजल्ट यह हुआ की बहुत थोड़े समय में अधिक से अधिक बच्चे वैदिक मैथमेटिक्स की विभिन्न ट्रिक्स समझ गए और उन्होंने अपने वीडियो बनाए। इसका एक फायदा यह भी रहा कि जो बच्चे विद्यालय में अनुपस्थित थे उनको भी उस वीडियो के माध्यम से जानकारी मिल गई और उन्होंने भी उस कौशल को सीख लिया। स्मृति और विस्मृति दोनों ही प्रकृति के द्वारा प्रदत्त अमूल उपहार हैं। बच्चे जो कुछ भी सिखाते हैं वह बहुत जल्दी भूल भी जाते हैं। यह वीडियो जो कि यूट्यूब चैनल पर स्थाई रूप से संजोए गए हैं, उनके माध्यम से बच्चे अपना रिवीजन भी कर सकते हैं। बहुत अच्छे उसकी पुनरावृत्ति भी कर सकते हैं। इस प्रकार से यह एक ओर बच्चों को सिखाने में भी मददगार साबित हुई बच्चों के सीखने में मददगार साबित हुआ, वहीं दूसरी ओर आगे आने वाले बच्चों के लिए भी प्रेरणा का स्रोत बना। बच्चों ने बहुत आनंददाई तरीके से इसको सीखा।

–**डॉ. अमित शर्मा**, प्रधान अध्यापक, प्राथमिक विद्यालय मटिया नगला, फरीदपुर, बरेली।

विशेष :– 1. बी. एड., एम.एड., बीटीसी स्तरीय 14 किताबों का लेखन एवं प्रकाशन।

2. वर्तमान शिक्षा की दशा एवं दिशा एवं समस्याओं पर आधारित 150 से अधिक शोध पत्र राष्ट्रीय एवं अंतर्राष्ट्रीय, पीयर रिव्यूड, आईएसएसएन नंबर युक्त जर्नल्स में प्रकाशित।

3. राज्य अध्यापक पुरस्कार 2019 से सम्मानित।

4. राज्य आईसीटी अवार्ड से सम्मानित।

5. राज्य नवाचारी शिक्षक पुरस्कार से सम्मानित।

6. रोटरी क्लब ऑफ रोहिलखंड, बरेली द्वारा नेशन बिल्डर अवार्ड से दो बार सम्मानित।

7. वेद शास्त्र रिसर्च एंड फाऊंडेशन देहरादून द्वारा राष्ट्रीय विद्या विभूति पुरस्कार से सम्मानित।

8. बरेली डाइट में आठ लघु शोधों का लेखन।

ग्रामीण क्षेत्र के बच्चों को शिक्षा से जोड़ना

मेरे द्वारा विज्ञान विषय को मॉडल और टीएलएम द्वारा आकर्षक और रुचिकर रूप से समझाया जाता है। तरह-तरह के टीएलएम और मॉडल से बच्चे बहुत ही अच्छी तरीके से विज्ञान समझते हैं। मेरे द्वारा विभिन्न विषय के बहुत सारे शिक्षण अधिगम सामग्री तैयार की गई है, जिसकी प्रदर्शनी माननीय बेसिक शिक्षा मंत्री श्री संदीप सिंह के पीलीभीत आगमन पर लगाई गई थी, मेरे द्वारा बनाई गई शिक्षण अधिगम सामग्री को पीलीभीत के अधिकारियों एवं बेसिक शिक्षा मंत्री ने सराहा।

मेरे नवाचार – मैं अपने विद्यालय के बच्चों के हुनर को पहचानने की कोशिश करती हूं, और जिस क्षेत्र में बच्चों की रुचि है उसी क्षेत्र में उनको आगे बढ़ने के लिए प्रेरित करती हूं इसी कारण से मेरे विद्यालय के बच्चे न केवल खेल प्रतियोगिता में बल्कि कला प्रतियोगिता, राष्ट्रीय आय एवं छात्रवृत्ति परीक्षा प्रतियोगिता, फेस पेंटिंग प्रतियोगिता, रंगोली प्रतियोगिता सभी में बहुत अच्छे से भाग लेते है, और जिला स्तर पर प्रतियोगिता जीतते भी हैं।

मेरा मेरे विद्यालय के बच्चों से आत्मीय संबंध है। बच्चे जो अपनी बात अपने घर पर नहीं कह पाते हैं वह मुझसे अपनी समस्या को बताते हैं और मैं उसका समाधान करने का पूर्ण रूप से प्रयास करती हूं। मेरा विद्यालय और मेरे विद्यालय के बच्चे मेरा अभिमान है।

नाम – **मीना गंगवार** स.अ. उच्च प्राथमिक विद्यालय गाजीपुर कुंडा बरखेड़ा पीलीभीत

पिता का नाम – स्व0 श्री तुलसी राम

माता का नाम – श्रीमती भगवान देवी

पति का नाम श्री कमलेश कुमार गंगवार,

ब्लॉक प्रमुख बरखेड़ा

जन्मतिथि – 30सितम्बर सन् 1975

शिक्षा – एम.ए., बी.टी.सी.

संप्रति –चित्रकार एवम् मूर्तिकार , ललित कला अकादमी।

अभिरुचि – सतत साहित्य लेखन।

साहित्यिक उपलब्धियाँ – सांझा पुस्तकों में लेखन व सम्पादन ।

प्रकाशन – हिन्दी भाषा में सांझा पुस्तकों में लेखन व सम्पादन। प्रादेशिक एवं राष्ट्रीय स्तर पर विभिन्न पत्र-पत्रिकाओं में कविताएँ प्रकाशित।

सम्मान

1. शिक्षा और मिशन शक्ति के लिए माननीय विधायक जी से सम्मान प्राप्त हुआ
2. लेखनी के क्षेत्र में नारी रत्न एवं प्रतिभा रत्न से सम्मानित
3. माननीय बेसिक शिक्षा मंत्री श्री संदीप सिंह द्वारा उत्कृष्ट शिक्षक के रूप में सम्मानित
4. स्वीप आइकॉन के रूप में उत्कृष्ट कार्य करने के लिए जिलाधिकारी महोदय द्वारा सम्मानित
5. विद्यालय में बेहतर कार्य करने के लिए बेसिक शिक्षा अधिकारी द्वारा सम्मान प्राप्त हुआ
6. स्वदेशी संस्थान, भारत अयोध्या कला संस्कृति महाकुंभ द्वारा जीनियस आर्टिस्ट इंडिया अवार्ड 2023 प्राप्त हुआ
7. भीषण ठंड में कंबल स्वेटर वितरण हेतु सहृदय सम्मान प्राप्त हुआ
8. स्वतंत्रता सेनानी स्मृति सम्मान 2023 प्राप्त हुआ
9. नारी गौरव सम्मान 2023
10. ग्लोबल अचीवमेंट पुरस्कार 2023
11. साहित्यिक रत्न सम्मान
12. श्रीराम काव्य सम्मान
13. उत्कर्ष सह लेखक सम्मान
14. उद्घोषक रत्न सम्मान
15. सहयोग रत्न सम्मान

स्थाई पता – Pragya Agro Traders, ब्लाक बरखेड़ा जनपद पीलीभीत